TOMMY GREENWALD

CHARLIE JOE JACKSON

STREBER AUF ZEIT

Übersetzung aus dem
amerikanischen Englisch
von Christina Pfeiffer

Mit Illustrationen von J. P. Coovert

Baumhaus

MIX
Papier aus verantwortungsvollen Quellen
FSC® C014496
FSC www.fsc.org

Dieser Titel ist auch als E-Book erschienen.

Titel der amerikanischen Originalausgabe:
»Charlie Joe Jackson's Guide to Summer Vacation«

Für die Originalausgabe:

Für die deutschsprachige Ausgabe:

Lektorat: Nathalie Dörpinghaus
Umschlaggestaltung: Christina Seitz, Berkheim unter Verwendung von Motiven von shutterstock/Denis Cristo; shutterstock/Lyudmyla Kharlamova; shutterstock/Andrew Scherbackov
Satz: Helmut Schaffer, Hofheim a. Ts.
Gesetzt aus der Berlin LT
Druck und Einband: GGP Media GmbH, Pößneck

Printed in Germany
ISBN 978-3-8339-0329-8

5 4 3 2 1

Sie finden uns im Internet unter www.baumhaus-verlag.de
Bitte beachten Sie auch www.luebbe.de

Für Kenny und Ellen Greenwald
Und für meine liebsten Campteilnehmer,
Jessica und Jake

Wer zu viel liest und sein Gehirn zu wenig nutzt,
der entwickelt faule Denkgewohnheiten.
Albert Einstein

VORWORT

Bevor wir anfangen, will ich euch noch sagen, dass ihr keine Angst haben müsst. Das hier ist keine dieser Ferienlagergeschichten, in denen es um einen verrückten Serienmörder geht, der sich irgendwo im Wald rumtreibt und sich ein unschuldiges Kind nach dem anderen schnappt.
So schlimm wird es ganz sicher nicht.
Na ja, zumindest nicht ganz so schlimm.

***

Also, das hier war der Deal: Am Ende des letzten Schuljahres schien ich kurzzeitig verrückt geworden zu sein, jedenfalls glaubte ich, meine Eltern glücklich machen zu müssen, und war damit einverstanden, drei Wochen in einem Sommercamp namens Lieseinbuch zu verbringen.

Noch mal, damit das klar ist: *Lies-ein-Buch.*

Mit anderen Worten, ein Strebercamp.

Das Nächste, woran ich mich erinnere, ist der Weg dorthin. Von der Fahrt selbst weiß ich nur noch, dass es die längsten vier Stunden meines Lebens waren. Auch an die Verabschiedung von allen, also von meiner Mom, meinem Dad, von

Megan, meiner Schwester, und von meinen Hunden Moose und Coco, kann ich mich nur verschwommen erinnern. Ich glaube, ich befand mich in einer Art Schockzustand.

Woran ich mich aber wirklich erinnere, war der Moment, als ich das Camp sah und sofort wieder umkehren wollte.

Ich fühlte mich, als hätte ich eine Bruchlandung auf dem Planeten für Streberkinder hingelegt. Nur wenig deutete hier auf ein normales menschliches Leben hin. Meine inoffiziell beste Freundin Katie Friedmann hatte beschlossen, ihre Ferien auch in diesem Camp zu verbringen, was ich ziemlich cool von ihr fand. Und Nareem Ramdal, der zusammen mit Jake Katz zu den größten Strebern aller Zeiten zählt, kam schon seit Jahren hierher, folglich war er auch dieses Jahr dabei. Der Rest der Teilnehmer bestand aus fünfundsiebzig überschlau aussehenden Kindern, die ich noch nie zuvor gesehen hatte. Plus ein paar Erwachsene, die genauso schlau aussahen wie ihre Kinder.

Überall standen Bücher rum. Handys und Videospiele gab es nirgends. (Klar, die waren verboten.)

Verzweifelt hielt ich Ausschau nach dem rettenden Raumschiff, das mich wieder auf den Planeten »Normalo« zurückbringen würde, aber es gab keins. Dann kniff ich mir in den Arm, in der Hoffnung, aus dem bösen Traum aufzuwachen.

Doch auch das funktionierte nicht. Langsam begriff ich, dass es keinen Ausweg gab. Ob es mir gefallen würde oder nicht, ich war für die kommenden drei Wochen im Camp Lieseinbuch gefangen.

TAGESPLAN	
7:00 Uhr	*Frühstück*
8:00 Uhr	*Erster Workshop: Grammatik und Ausdruck*
9:00 Uhr	*Zweiter Workshop: Lesetechniken*
10:00 Uhr	*Dritter Workshop: Kreatives Schreiben*
11:00 Uhr	*Freies Schwimmen*
12:00 Uhr	*Mittagessen*
13:00 Uhr	*Stille Stunde 1: Lesen und Briefe schreiben*
14:00 Uhr	*Erste Erholungsphase*
15:00 Uhr	*Zweite Erholungsphase*
16:00 Uhr	*Wassersport*
17:00 Uhr	*Stille Stunde 2: Lesen und Briefe schreiben*
18:00 Uhr	*Abendessen*
19:00 Uhr	*Abendprogramm*
21:00 Uhr	*Stille Stunde 3: Lesen und Briefe schreiben*
22:00 Uhr	*Licht aus*

22:01 Uhr – ins Kissen heulen

Liebe Mom und lieber Dad,

man hat uns hier so ziemlich als Erstes mitgeteilt, dass wir viele Briefe schreiben werden. Die meinen, dass unsere »erzählerischen Fähigkeiten« dadurch geschult würden, was auch immer das heißen soll.

Egal, im ersten Brief an euch sollen wir aufschreiben, welches Ziel wir in diesem Camp erreichen wollen.

Also, mein Ziel ist es, zu lernen, wie man es vermeidet, blöde Entscheidungen zu treffen, nur um seine Eltern glücklich zu machen.

Euer euch liebender Sohn,

obwohl mir gerade nicht ganz so liebend zumute ist.

Charlie Joe

Erste Woche

DAS CAMP SACKSCHUTZ

1

Schon als ich das Campgelände betrat und das Schild sah, war mir klar, was mich hier erwarten würde.

CAMP LIESEINBUCH
HIER WIRD DER GEIST
VON JUGENDLICHEN GEFORMT.
SEIT 1933

Es tut mir wirklich leid, aber ich habe keine Lust, meinen Geist formen zu lassen. Das klingt so nach in eine bestimmte Form gepresst, das ist blöd. Ich bevorzuge, dass mein Geist fließt wie Zuckerguss über einen Riesenkeks.

Oberflächlich betrachtet, sah Camp Lieseinbuch ziemlich genauso aus wie jedes andere Ferienlager. Es gab einen großen See zum Schwimmen, einen Basketballplatz, einen Tennisplatz, ein Baseballfeld und einen Fußballplatz. Die Teilnehmer wohnten in coolen Blockhütten im Wald, und der Speisesaal war riesengroß und voller Holztische und Stühle. Es gab eine Werkstatt für Kunst, Handwerk und so Zeugs und sogar ein kleines Theater für Aufführungen.

Eigentlich war das wirklich ein schönes Fleckchen Erde, wenn man denn vergessen konnte, warum man hier war.

Nur zur Erinnerung, es ging hier ums Lesen und Schreiben.

Obwohl Katie und Nareem mit im Camp waren, musste ich einfach ständig an meine Freunde zu Hause denken. Am häufigsten kreisten meine Gedanken um die fantastische und wirklich atemberaubende Zoe Alvarez, meine Fast-Freundin. Sie war das einzige Mädchen, das man jemals mit der ebenso fantastischen und atemberaubenden Hannah Spivero vergleichen konnte. Ich vermisste Zoe schon jetzt total, obwohl ich gerade mal fünf Stunden weg war. Ich musste auch an all die anderen aus der Clique denken – an Jake, Timmy und, na klar, an Hannah. Ich stellte mir vor, wie sie jetzt am Strand abhingen und chillten. Oder wie sie im Kino saßen, Popcorn aßen und sich darüber lustig machten, was ich für ein Loser war. Na ja, im Grunde würde ich genau dasselbe tun, wenn ich jetzt bei ihnen wäre. Blöd nur, dass ich nicht dort war. Ich war hier, im Strebercamp.

Statt die Sau rauszulassen und zu chillen, stellte ich mich also mit den anderen Kindern um eine Fahnenstange herum auf. Heute war der erste Tag, und das nannte sich »Willkommenskreis«. Mit anderen Worten, wir fassten uns alle an den Händen und sangen das Camplied »Lerne zu lieben und liebe zu lernen«.

Und das ist auch schon alles, was ihr über dieses Lied wissen müsst.

Ich starrte Katie und Nareem an, beide sangen lauthals mit. »Habt ihr noch alle Tassen im Schrank?«

Katie kicherte. »Charlie Joe, du bist jetzt im Camp«, sagte sie und versuchte, keinen Ton auszulassen. »Hör auf, so ein Stinkstiefel zu sein und mach mit.«

»Aber ich will nicht mitmachen«, erklärte ich. »Ich bin sogar so ziemlich gegen das alles hier.«

»Ich kann es immer noch nicht fassen, dass du mit ins Camp gekommen bist, Charlie Joe«, sagte Nareem. »Du bist nicht gerade jemand, den ich mit Büchern, Lesen und Lernen in Verbindung bringe.«

»Ja, stimmt«, fügte Katie hinzu, was beide so richtig zum Lachen brachte.

Ich rollte mit den Augen und tat so, als würde ich singen. Als das Lied endlich zu Ende war, trat ein extrem großer Kerl mit extrem kurzen Hosen in den Kreis und stellte sich in die Mitte neben die Fahnenstange. Alle Kinder klatschten wild, bis er die Hände hob und signalisierte aufzuhören. Sofort war es still.

»Herzlich willkommen im Camp Lieseinbuch!«, verkündete der Mann. »Ich sehe einige bekannte Gesichter, und für die, die mich noch nicht kennen, erlaubt mir, mich vorzustellen. Mein Name ist Dr. Malcolm Malstrom, aber ihr könnt mich Dr. Mal nennen. Allerdings bin ich kein Arzt, deshalb ruft mich am besten nicht, wenn ihr krank seid.« Er machte eine kleine Pause, um das Gelächter abzuwarten, das auch tatsächlich wie eine Riesenwelle losbrach. Was mir ziemlich seltsam vorkam, weil das, was er gerade gesagt hatte, gar nicht lustig war.

»Wir freuen uns alle auf die Zeit hier im Camp Lieseinbuch«, fuhr Dr. Mal fort. »Wir haben wieder viele Überraschungen vorbereitet, um den Sommer unvergesslich zu machen.«

Ich schaute Katie fragend an, *Echt jetzt?*

Sie guckte mit strengem Blick, *Benimm dich!*

Dr. Mal schaute kurz auf sein Klemmbrett, das er in der Hand hielt. »Bevor wir jetzt alle in unsere Hütten gehen, um uns fürs Abendessen fertig zu machen, möchte ich noch schnell eine Sache ansprechen.« Er grinste wie einer dieser Väter, die gleich das genialste Geschenk aller Zeiten übergeben werden. »Dieses Jahr werden wir erstmalig den Lieseinbuch-Preis vergeben. Und diese außergewöhnliche Ehre wird demjenigen zuteil, der die Grundwerte des Camps, wie Gerechtigkeit, Gemeinschaft und Gelehrsamkeit, am besten verkörpert.«

Alle riefen nur voll erstaunt Oohh und Aahh.

»Der Gewinner des Lieseinbuch-Preises«, fügte Dr. Mal hinzu, »kriegt ein Stipendium für das Camp nächstes Jahr, und er wird zum Gruppenleiter ausgebildet, sobald er das erforderliche Alter erreicht hat.«

Die Oohhs und Aahhs verwandelten sich in Begeisterungsschreie. Sogar Katie und Nareem nickten aufgeregt.

»Klingt eher wie eine Strafe als ein Preis«, flüsterte ich, allerdings ein wenig zu laut. Das Mädchen neben mir starrte mich an, als hätte ich gerade einen Teller frittierte Nacktschnecken verspeist.

Katie machte Schschscht, ich solle still sein, aber es war zu spät. Dr. Mal hatte ein extrem gutes Gehör.

Er kam auf mich zu. »Hallo, junger Mann.«

Ich sah zu ihm auf. Er war wirklich sehr groß, und sein Gesicht war ziemlich weit oben. »Hallo, Sir.«

»Du kannst mich Dr. Mal nennen«, sagte er lächelnd. »Wie heißt du?«

»Charlie Joe Jackson.«

»Ach ja«, Dr. Mal nickte. »Mr Jackson. Dein Ruf eilte dir bereits voraus.«

»Danke«, erwiderte ich, obwohl ich ziemlich sicher war, dass es sich hier nicht um ein Kompliment handelte.

»Ich freue mich, dass du hier bist, selbst wenn du es eher als Strafe betrachtest«, brummte Dr. Mal und legte seine Hand auf meine Schulter.

»Kannst du uns sagen, was du hier im Camp Lieseinbuch für dich erreichen willst?«

Der erste Gedanke, der mir durch den Kopf schoss, platzte aus mir heraus, und so sagte ich laut dasselbe, was ich meinen Freunden Timmy und Pete zu Hause bereits gesagt hatte, als sie mich danach fragten. »Ich hoffe, dass ich lerne, wie man im Schlaf lesen kann.«

Alle schnappten nach Luft. Dann herrschte Totenstille. Niemand rührte sich. Selbst die Vögel hörten auf zu zwitschern.

Ups.

Katie konnte sich ihr Augenrollen nicht verkneifen.

Doch Dr. Mal verlor sein Grinsen nicht aus dem Gesicht. »Mit anderen Worten«, sagte er, »du bist kein großer Lese-Fan.«

»Nein«, sagte ich stolz. »Um genau zu sein, habe ich noch nie ein ganzes Buch durchgelesen, außer in Notfällen, wenn es außerhalb meiner Macht lag.«

Ich ging davon aus, dass jetzt alle loslachen würden, wie es normalerweise der Fall war, wenn ich einen Witz riss. Stattdessen starrten mich alle nur ungläubig an. Einige tuschelten und zeigten auf mich, nach dem Motto: *Wer ist dieser Typ?*

Ich bemerkte, dass ein Junge beinahe gelacht hätte – aber es konnte kein verbündeter Buchhasser sein, denn er trug ein T-Shirt der berühmten Harvard-Universität.

Dr. Mal nickte wieder. »Wenn das so ist, erlaube mir die Frage, warum du uns überhaupt hier im Camp Gesellschaft leistest.«

»Gute Frage, Dr. Mal. Ich schätze, ich habe das nur getan, um meine Eltern glücklich zu machen. Es war ein Moment der Schwäche, wenn ich ehrlich bin.«

Zu Hause hätte der Satz ebenfalls Gelächter ausgelöst, tausendprozentig sogar. Hier aber nicht. Mir kam es so vor, als wäre ich in einem nicht enden wollenden Sag-das-Gegenteil-Tag gefangen, und alle Dummköpfe wären die Coolen und alle Coolen – oder zumindest die Spaßvögel – die krassen Außenseiter.

Wieder schaute Dr. Mal auf sein Klemmbrett, dann nickte er einem großen Kerl zu, der auf der anderen Seite des Kreises stand, und sagte zu mir: »Scheint, als wärst du bei Dwayne, einem unserer besten Gruppenleiter, gut aufgehoben.« Dwayne nickte, ohne eine Miene zu verziehen. Er war mit Abstand derjenige, der hier am wenigsten nach Streber aussah. Er wirkte eher wie ein Soldat als wie ein Betreuer.

Dann trat Dr. Mal eilig wieder zurück in die Mitte des Kreises und sprach dabei mit ernster Stimme: »Es könnte sein, Charlie Joe, dass dir hier bewusst wird, dass du deinen Camp-Kollegen ähnlicher bist, als du denkst. Wir werden aus dir einen von uns machen, so oder so.«

Aus mir einen von euch machen?

Oh, bitte. Niemals werde ich einer von euch sein.

Aber ... in meinem Kopf ratterte es ... vielleicht gelingt es mir ja, aus *euch einen wie mich* zu machen?

Mir wurde klar, dass das zumindest eine Möglichkeit wäre, die kommenden Wochen zu überleben. Ich könnte den Kindern dabei helfen, auf die richtige Bahn zu kommen. Ich könnte sie in normale, nicht lesende Menschen verwandeln.

Ich könnte sie vor einem absoluten Außenseiterleben bewahren.

2

Als nächster Punkt stand »Auspacken« auf der Spaß beladenen Tagesordnung. Nareem und ich machten uns auf den Weg zu unserer Blockhütte.

»Ich glaube, du hattest nicht gerade den besten Start mit Dr. Mal«, meinte Nareem. »Dabei ist er eigentlich ein echt netter Kerl. Wenn du ihn besser kennenlernst, magst du ihn bestimmt auch.«

Bevor ich Nareem zu seinem Optimismus gratulieren konnte, kamen zwei Jungs auf uns zugerannt. Der eine war der größte Junge, den ich je gesehen hatte. Und der andere war dieser Typ mit dem Harvard-T-Shirt, der beim Willkommenskreis fast über meinen Witz gelacht hätte.

So wie sie rannten, war keiner der beiden Captain eines Football-Teams, wenn ihr versteht, was ich meine.

»Nareem!«, riefen beide lauthals.

Nareem grinste breit. »Leute!«

Dann zogen sie diese Begrüßungszeremonie aus Händeschütteln und Umarmen ab, wie das Freunde machen, wenn sie sich eine Weile nicht gesehen haben.

»Charlie Joe, ich will dir meine beiden besten Freunde hier im Camp vorstellen, George Feedleman und Jack Strong.«

George war der Riese. Seine Hand schüttelte ich als Erstes. »Hey«, begrüßte ich ihn.

»Schön, dich kennenzulernen«, erwiderte George. »Willkommen im Camp, dem abgefahrensten Ort unter der Sonne.«

Ich wollte meine Augen verdrehen, beschloss aber, nett zu sein. »Yeah, cool.«

»George ist der schlauste Mensch auf diesem Planeten«, verkündete Nareem.

»Ja, Wahnsinn«, sagte ich.

Dann streckte mir der Harvard-T-Shirt-Junge seine Hand entgegen. »Jack Strong.«

Ich betrachtete seine dürre Figur. »Dein Nachname ist wirklich Strong?«

Jack lief rot an. »Ich weiß, der passt nicht wirklich zu mir.«

»Ist mir gar nicht so aufgefallen«, log ich.

Jack lächelte. »Du warst echt witzig beim Willkommenskreis.«

»Danke«, sagte ich. »Aber offenbar nicht lustig genug, um alle zum Lachen zu bringen.«

Jack zuckte mit den Schultern. »Denkst du, wir wollen gleich am ersten Tag Ärger kriegen? Bist du verrückt?«

»Eigentlich nicht.«

Jetzt lachte er doch.

Dann zeigte ich auf sein Harvard-Shirt. »Was hat es denn damit auf sich?«

»Ach, nichts«, wehrte er ab. »Ich werde mich da vielleicht irgendwann mal bewerben. Ist aber superschwer, da reinzukommen.«

»Ist es nicht ein wenig früh, sich darüber Gedanken zu machen?«, fragte ich.

»Jack denkt viel über Colleges nach«, mischte sich George ein. »Oder besser gesagt, sein Dad. Er macht mega Stress, wenn es um so was geht.«

Jack machte jetzt schon zum zweiten Mal in acht Sekunden einen echt peinlich berührten Eindruck, also beschloss ich, das Thema zu wechseln. »Jungs«, sagte ich, »Nareem meint, dass Dr. Mal eigentlich ein cooler Typ ist. Stimmt das?«

»Absolut«, sagte George.

»Total«, stimmte Jack zu.

Okay, dann war es also so.

»Dr. Mal hat da eine gute Frage gestellt«, fuhr Jack fort. »Warum bist du eigentlich hier? Du sagtest zwar, um deine Eltern glücklich zu machen, aber ist das wirklich der einzige Grund?«

»Ich hoffe auch darauf, hier ein paar Hammer Mädchen kennenzulernen«, gab ich zurück. »Könnt ihr mir dabei helfen, Jungs?«

Nareem, George und Jack sahen sich an.

»Nein«, sagten sie alle drei gleichzeitig.

3

Unsere Blockhütte, die wir uns zu acht teilten, trug den Namen »Roald Dahl«. (Alle Hütten waren nach berühmten Autoren benannt. Übrigens war ich total froh, dass ich nicht in der »Mark-Twain«-Hütte wohnen musste. Denn wir kommen schon seit meinem sechsten Geburtstag nicht miteinander klar. Das Drama begann, als mein Dad mir alle Mark-Twain-Bände als einziges Geburtstagsgeschenk überreichte. Ich schaudere noch immer, wenn ich daran denke.)

Als wir die Hütte betraten, waren die anderen vier Jungs dabei, ihre Sachen auszupacken. Ich stellte mich in der Runde vor. Eigentlich machten sie alle keinen so schlechten Eindruck, obwohl ich durchaus spürte, dass sie etwas verwundert waren über meine kleine Auseinandersetzung mit Dr. Mal. Jedenfalls hatten sie definitiv keine Erfahrung mit einem Lesemuffel. Dafür hatte jeder von ihnen mindestens eine seltsame Angewohnheit:

- Eric Cunkler beherrschte drei Sprachen, redete aber so gut wie gar nicht.
- Jeremy Kim musste innerhalb von einer Minute ungefähr zwanzigmal niesen und lagerte einen Jahresvorrat an Taschentüchern unter seinem Bett.
- Kenny Sarcofsky war der Ansicht, er wäre unsterblich, wenn er nur genug Knoblauch aß, folglich roch er ein bisschen »anders«.
- Sam Thurber wechselte zwar nie seine Unterwäsche (wenn man Nareem glauben konnte), hatte aber bereits eine Kurzgeschichte in der Zeitschrift *The New Yorker* veröffentlicht.

Und dann waren da noch Nareem, George und Jack, die ihr schon kennengelernt habt, und unser Gruppenleiter Dwayne, der eigentlich ziemlich cool zu sein schien mit seiner *Wenn-du-es-versaust,-dann-bring-ich-dich-um*-Einstellung.

Wie dem auch sei, das hier ist jetzt meine Hütte, und das sind die Jungs, mit denen ich sie teile. Hört sich nach einer krassen Gang an, oder? Wollt ihr raten, wer in diesem Haufen der Außenseiter war?

Genau.

Ich.

Liebe Zoe,

ich bin jetzt schon seit zwei Tagen im Ferienlager. Ich kann nicht glauben, wie die Zeit rast! Nämlich überhaupt nicht!

Wie geht es dir? Ich bin so froh, dich dieses Jahr kennengelernt zu haben. Und ich bin auch froh, dass wir uns entschieden haben, nicht miteinander zu gehen, solange ich weg bin. Ich hoffe, du siehst es genauso. Aber das heißt nicht, dass wir nicht mal ins Kino gehen können oder so, wenn ich wieder da bin.

Ich hoffe, das ist okay für dich.

Katie und Nareem lassen dich auch grüßen. Ihnen gefällt es super hier, und ich versuche, es ihnen nicht übelzunehmen. Sie hängen viel zusammen ab, nur so nebenbei bemerkt.

Ich hab bis jetzt nicht wirklich viele neue Freunde kennengelernt. Manche denken hier, glaube ich, dass ich einen schlechten Einfluss auf sie hätte. Ich weiß nicht, wie sie darauf kommen.

Schreib bald zurück. Hoffentlich können wir was zusammen machen, wenn ich wieder zu Hause bin. Und sag Bescheid, ob du Lust auf Kino hast.

Dein Freund, Charlie Joe

4

Das Erste, was mir klar wurde, war: Wenn ich wirklich dafür sorgen wollte, dass die anderen weniger streberhaft sind, dann musste ich das langsam angehen. Schließlich konnte ich nicht das gesamte Camp von heute auf morgen davon überzeugen, Lesen und Schreiben zu hassen. Dazu musste ich mir schon einen nach dem anderen vorknöpfen. Ich beschloss, mit dem sowohl körperlich wie auch geistig größtem Schlaumeier anzufangen.

Mit George Feedleman.

Gerüchten zufolge war Georges IQ so hoch, dass er nicht mehr messbar war. George war eins dieser Kinder, die so schlau waren, dass sie Dinge auf irgendeiner streng geheimen Ebene verstanden. Man könnte es mit Hunden vergleichen, die andere Frequenzen hören als wir.

Es war der zweite Tag im Camp, und wir hatten gerade diesen Workshop Kreatives Schreiben. Ich hab mich in die letzte Reihe gesetzt, für gewöhnlich war das meine Lieblingsreihe.

Keiner wollte sich neben mich setzen.

»Hey, Leute, hier ist noch 'ne Menge Platz«, rief ich. »In der letzten Reihe geht's ab.«

Niemanden interessierte es.

Schließlich schaffte ich es, wenigstens Katie und Nareem dazu zu bringen, mir dahinten Gesellschaft zu leisten. »Keine Sorge«, beruhigte mich Katie und tätschelte mein Knie, »irgendwann werden sie sich an deine komische Art gewöhnen.«

George saß zwei Reihen vor uns. Etwa zehn Minuten nach Unterrichtsbeginn wagte ich den ersten Schritt. Ich warf ein zusammengeknülltes Stück Papier auf ihn.

»Pssst!«

Keine Reaktion.

»Pssst!«, flüsterte ich wieder, diesmal ein wenig lauter. Die anderen Schüler starrten mich schon an. Endlich drehte George sich um.

»Was?«, sagte er sichtlich irritiert. Obwohl wir uns zuvor schon ein paarmal unterhalten hatten, war er wegen meiner Anti-Lernbereitschaft noch immer sehr misstrauisch, so wie eigentlich alle. Ich zeigte auf das Blatt, das vor ihm lag. »An was arbeitest du da?«

Er zog die Schultern hoch. »Nichts. Nur eine Analyse der Klassenstruktur in den Werken von Emily Brontë.«

»Emily wer?«

»Niemand«, nörgelte George, drehte sich wieder um und machte weiter.

»Cool«, meinte ich. Und nach einer kurzen Pause fügte ich hinzu: »Ich schreibe gerade einen Brief an dieses Mädchen zu Hause.«

»Du bist echt unerbittlich«, flüsterte Katie, ohne ihre Augen vom Arbeitsblatt zu wenden.

»Ist unerbittlich gut?«, wollte ich wissen.

»Nein.«

Ich konzentrierte mich wieder auf George. »Ihr Name ist Zoe.«

Er schaute auf. Man konnte genau sehen, dass ich sein Interesse geweckt hatte, obwohl er sich bemühte, diesen Eindruck zu verhindern. »Ist sie deine Freundin?«

»Nee. Ich meine, wir mögen uns, aber wir gehen nicht miteinander oder so.«

George nickte. »Gut für dich.«

Nervös warf er einen flüchtigen Blick nach vorn zur Leiterin des Workshops (oder Lehrerin, wie man unter normalen Menschen sagen würde), die Ms Domerca hieß. Ich wette, George hat noch nie in seinem Leben im Unterricht geredet, außer wenn er Lehrer verbessern musste, weil sie komplett falschlagen.

Ms Domerca schien nett und lustig zu sein. Außerdem trug sie die verrücktesten Klamotten, die ich je gesehen hatte. Sie war gerade dabei, einem anderen Kind zu helfen, also hatte ich freie Bahn.

»Und du?«, fragte ich George. »Hast du eine Freundin?«

George starrte mich an, als hätte ich ihn eben gefragt, ob er eine Leiche in seinem Garten vergraben hatte.

Noch bevor er antworten konnte, traf mich der Blick eines wirklich süßen, rothaarigen Mädchens wie ein Pfeil. Sie hieß Cathy Ruddy und zischte böse: »Lass ihn in Ruhe, er arbeitet. Das solltest du auch mal versuchen.«

Ich lächelte sie an, aber sie nicht zurück.

»Also, hast du?«, nervte ich George weiter.

Er donnerte seinen Stift auf den Tisch. »Nein, ich habe keine Freundin! Ähm, ich meine, noch nicht. Ich plane nächstes Jahr eine zu haben.«

»Auf was wartest du? Hier im Camp gibt es total viele süße Mädchen.« Dann zeigte ich auf Cathy. »Hast du mitbekommen, wie sich Cathy gerade für dich eingesetzt hat? Ich wette, sie würde gerne mal was mit dir unternehmen.«

»Warum denkst du das?«, vernahm ich eine Stimme, die definitiv weder Georges noch Cathys war.

Ich schaute auf. Und da stand Ms Domerca vor mir mit ihrer grünorangefarbenen Bluse.

»Hallo«, krächzte ich.

Ms Domerca lachte. »Erst der zweite Tag, und schon weiß ich, wer mein Störenfried ist. Für gewöhnlich dauert das mindestens eine Woche.« Dann zeigte sie auf George und mich. »Zurück an die Arbeit, beide«, mahnte sie und ging wieder nach vorne.

»Vielen Dank«, flüsterte George.

»Gern geschehen«, antwortete ich. George schüttelte den Kopf und wandte sich wieder seinem Text zu.

Ich hatte meine Mission aber noch nicht erfüllt.

»Pssst!«, sagte ich wieder, diesmal zu Cathy Ruddy.

»Würdest du in Betracht ziehen, einmal mit dem schlausten Jungen in ganz Amerika auszugehen?«, fragte ich sie.

»Ich schätze, damit meinst du nicht dich.«

»Genau.«

Cathy musterte George.

»Vielleicht«, presste sie heraus. »Aber nur, wenn du uns beide in Ruhe lässt.«

George starrte mit einem hochroten Gesicht auf sein Heft. Dann warf er einen Blick zu Cathy, und für den Bruchteil einer Sekunde schien es, als wären ihm die Klassenstrukturen der Emily Brontë schnurzpiepegal.

Wie ich sagte, Leute, einer nach dem anderen.

Lieber Charlie Joe,

danke, dass du dich so schnell gemeldet hast. Irgendwie sind Ferien ohne dich nicht dasselbe. Trotzdem schaffen wir es, ziemlich viel Spaß hier zu haben. Nicht böse sein.

Ich finde es cool, dass du jetzt Briefe schreiben musst, statt SMS zu schicken. Meine Mutter sagt immer, dass es sie an ihre Kindheit erinnert.

Hier läuft alles echt gut. Ich male viel und hänge mit Freunden ab und so. Um ehrlich zu sein, manchmal ist es total langweilig, aber für dich wäre es wahrscheinlich perfekt. Ich habe lieber was vor. Morgen besuchen wir meinen Dad. Verrückt, meine Eltern reden jetzt mehr miteinander, als damals, als sie noch verheiratet waren. Mal schauen, was noch so passiert.

Ich schreibe bald wieder, versprochen.

Fühl dich gedrückt,
Zoe

5

Das Camp hat auch was Gutes: Nach nur fünf Minuten war mir klar, dass ich der beste Sportler hier war.

Genau. Es hat sich nämlich schnell herausgestellt, dass man in einem Camp mit lauter Strebern, die lieber lernen als einen Baseball zu werfen, schon ein echter Superstar ist, wenn man es schafft, fünfzehn Meter am Stück zu rennen, ohne auf die Schnauze zu fallen. Wer hätte das gedacht? Eigentlich war das ja total lächerlich, aber hier fand ich's cool.

Am vierten Tag, wir spielten gerade Basketball in der ersten Erholungsphase, sah ich meinen Gruppenleiter Dwayne auf mich zukommen. Dwayne war ein bisschen wie Mr Radonski (mein verrückter Sportlehrer zu Hause). Dwayne war sehr groß, sehr laut und sehr streng. Er war auch der Basketballtrainer und somit also verantwortlich dafür, dass die Kinder sich nicht verletzten.

»Hey, Charlie Joe«, sagte er.

Ich führte kurz meinen Zweimeterwurf aus. »Was gibt's?«

»Hast du schon von dem großen Spiel gegen das Camp Supersportler gehört?«

Darauf konnte er wetten. Camp Supersportler war das

Lieblingsgesprächsthema beim Essen. Die Kinder nannten es auch *Camp Sackschutz*.

Es befand sich etwa fünfzehn Kilometer die Landstraße weiter hoch, und jeden Sommer gab's im Camp Lieseinbuch ein gemeinsames Basketballturnier. Natürlich haben sie uns immer kaltgemacht. Wen wundert's, Supersportler war ein echtes Camp und unseres nichts anderes als eine getarnte Sommerschule.

»Klar«, antwortete ich. »Warum?«

Dwayne beobachtete Nareem, wie er einen Ball in die Luft warf, dann drehte er sich wieder zu mir um. »Ich will, dass du in diesem Jahr das Team anführst«, verkündete er. »Das Spiel findet nächsten Samstag statt, und ich habe keine Lust, mich zu blamieren.«

»Ernsthaft? Ich bin der Neue hier. Wie wäre es mit jemandem, der schon länger dabei ist?«

Dwayne musste schmunzeln. »Hast du die mal spielen sehen?«

Da hatte er wohl recht.

»Also, was ist?«, fragte Dwayne. »Bist du dabei?«

In dem Moment kam Jared Bumpers auf uns zugerannt. Er war einer dieser Jungs, die ich eben meinte. Ein wenig älter als ich, kam schon seit Ewigkeiten in dieses Camp, und mir war sofort klar, dass er zu diesen Nervensägen gehörte, die sich selbst supertoll fanden. »Über was redet ihr?«

»Ich habe Charlie eben gefragt, ob er Captain des Teams sein will«, klärte Dwayne ihn auf.

Jared war geschockt.

»Charlie Joe ist ein sehr guter Spieler«, fuhr Dwayne fort. »Aber auf dich zähle ich auch, Jared.« Dwayne wandte sich wieder an mich. »Also, was sagst du?«

Ich fühlte mich, als hätte er mich gefragt, ob ich die Titanic um den Eisberg manövrieren könnte. Aber was soll's. Wenigstens hatte ich was zu tun, und wer weiß, vielleicht würde ich dabei ja auch noch den einen oder anderen neuen Freund kennenlernen.

»Klar, warum nicht«, antwortete ich.

»Das ist nicht fair«, meckerte Jared. »Ich bin der Ältere, ich sollte das Team anführen.«

»Du bist doch schon der Captain vom Debattierclub«, sagte Dwayne.

»Der Debattierclub hat einen Captain?«, fragte ich, was Jared nur noch wütender machte.

Er holte tief Luft und schnaubte. »Mir egal«, prustete er und stapfte davon, gerade als Jack Strong auf uns zukam.

»Was ist sein Problem?«, fragte ich.

»Ignorier ihn einfach«, empfahl Jack. »Der ist immer so drauf. Die Leute glauben, das liegt daran, dass sein älterer Bruder eine absolute Camp-Legende war und Jared überhaupt nicht damit klarkommt.«

»Genug zu Jared«, unterbrach Dwayne und schlug mir mit der flachen Hand auf den Rücken. »Bereit, Captain?«

»Nicht wirklich«, sagte ich. »Was sind meine Aufgaben?«

»Überleg dir, wie wir die bösen Jungs plattmachen können«, erklärte Dwayne, und sein Gesicht begann zu zucken. Sein Gesicht zuckte immer, wenn er aufgeregt war – und das war er meist den ganzen Tag lang.

»Ich werde meine besten Männer darauf ansetzen«, versprach ich.

»Genau darum mache ich mir Sorgen«, konterte Dwayne.

Liebe Zoe,

ich habe mich total gefreut, von dir zu hören!

Ich hoffe, du hattest eine tolle Zeit bei deinem Dad. Ich will alles darüber hören, also schreib mir bitte, sobald du Zeit hast.

Dass du malst, freut mich auch. Du bist eine großartige Malerin, und ich wette, dass du irgendwann berühmt sein wirst.

Hier im Camp ist es doch nicht so schlimm wie gedacht, aber das heißt nicht zwangsläufig, dass es gut ist. Bitte schreib bald zurück. Oh Moment, das sagte ich ja schon.

Ich vermisse dich auch.

Charlie Joe

6

Abends vor dem Essen haben Jack, George und ich uns draußen vor unserer Hütte auf die Treppe gesetzt und die leckeren Schokokekse von Jacks Oma gemampft.

»Wie kannst du nur so dünn sein, wenn deine Oma solche Kekse backt?«, fragte ich Jack.

»Ich hab keine Ahnung«, antwortete er.

Ich zeigte auf sein T-Shirt mit dem Schriftzug *Stanford*. »Was habt ihr nur alle mit diesen College-T-Shirts?«

Jack schaute runter auf sein Shirt und wirkte plötzlich verlegen. »Mein Dad war da.«

»War er auch in Harvard?«

»Hm, ja«, murmelte Jack. »Er hat da Jura studiert.«

»Pssst, ihr beiden«, ermahnte uns George.

Es war Stille Stunde, und eigentlich sollten wir jetzt alle in unseren Betten liegen und lesen. Doch ich konnte Dwayne überzeugen, dass ich draußen sitzen durfte, wenn ich leise war. George und Jack waren neben Nareem die Einzigen im Camp, die mich als Mensch behandelten und nicht wie einen rätselhaften Außerirdischen, der null Bock auf Lernen hat. Also haben sie sich zu mir rausgesetzt. George fand mich ja ganz okay, nachdem ich ihn Cathy Ruddy vorgestellt hatte, einem echten Mädchen. Und Jack war einfach nur ein netter Bursche, der mir meine schlechten Angewohnheiten nicht übelnahm.

Ich beschloss, mich für ihre Freundlichkeit erkenntlich zu zeigen und alles daranzusetzen, sie vom Lesen abzuhalten.

»Wo ist Nareem?«, fragte ich.

George zeigte den Hügel rauf. »Oben in der Bücherei mit Katie.«

»Das ist aber auch nicht ganz fair«, nörgelte ich, weil ich das aus irgendeinem unerfindlichen Grund blöd fand. »Während der Stillen Stunde müssen wir doch alle in unseren Hütten sein.«

Jack starrte mich ungläubig an. »Wieso? Wärst du jetzt lieber in der Bücherei?«

George lachte. »Dr. Mal meinte, es wäre in Ordnung, weil sie zusammen an einem Projekt arbeiten wollten.«

Ich zuckte mit den Schultern. »Mir egal.«

»Obwohl, jetzt, wo du es sagst«, fuhr Jack fort, »Nareem und Katie hängen schon ziemlich oft zusammen ab.« Er schaute zu George. »Irgendwie so wie du und Cathy Ruddy.« George lief rot an. Es schien, als wäre er sich nicht sicher, ob er das peinlich oder eher aufregend finden sollte, also entschloss er sich für beides.

Ich schob mir einen Keks in den Mund und grübelte, was Jack gesagt hatte. Mir war auch schon aufgefallen, dass Katie und Nareem hier im Camp von Anfang an eine Menge Zeit miteinander verbracht hatten. Aber dann dachte ich, das wäre nur Einbildung, weil die beiden die Einzigen hier waren, die ich kannte.

Ich beschloss, dass es sich nicht wirklich lohnte, darüber nachzudenken und wechselte das Thema. »Ihr beiden seid echt die schlausten Menschen, die ich kenne«, sagte ich. »Ihr müsst mir dabei helfen, einen Plan zu entwickeln, wie wir Camp Sackschutz schlagen können.«

Niemand sagte was.

»Warum reden wir überhaupt darüber?«, fragte Jack. »Eigentlich geht es doch nur darum, das Ganze so schnell wie möglich hinter uns zu bringen und uns darüber zu freuen, dass wir wenigstens auf bessere Schulen gehen als die.«

»Alter, du musst echt mal etwas lockerer werden mit diesem ganzen College-Kram«, forderte ich ihn auf.

»Locker sein steht aber nicht gerade auf dem Masterplan seines Dads«, merkte George an.

»Mein Dad hat überhaupt nichts damit zu tun«, wehrte sich Jack. »Es ist nur nicht verkehrt, an die Zukunft zu denken, das ist alles.«

»Na ja, ich habe nichts dagegen, nach vorne zu schauen«, sagte ich. »Und Supersportler bestimmt auch nicht.«

George sah von seinem Buch auf. »Wie wäre es, wenn wir aus dem Ball fünf Prozent Luft rauslassen würden? In einer Studie von Josephine Corcoran und Ralph Rackstraw heißt es: ›Ein Basketball ist richtig aufgepumpt, wenn er auf circa sechzig Prozent der Höhe zurückspringt, von der er fallengelassen wurde.‹ Wenn wir also etwas Luft aus dem Ball rauslassen, springt er denen weniger gut in die Hände, und das wird sie aus dem Konzept bringen.«

Ich starrte ihn an. »Wieso hast du eine Studie über das richtige Aufpumpen eines Basketballs gelesen, und wie kann es sein, dass du dich noch exakt daran erinnerst?«

George zuckte mit den Schultern. »Na ja, ich kann es eben«, sagte er, als wäre es das Normalste von der Welt.

»Egal, das können wir nicht machen«, versuchte ich klarzumachen. »Dann wären sie zwar vom Spiel abgelenkt und würden vielleicht auch verlieren, aber wir würden doch genauso als Verlierer dastehen.«

»Kann man ein Spiel verlieren, das eigentlich gar keines ist, weil es manipuliert wurde?«, fragte sich Jack.

George schüttelte den Kopf. »Soweit ich weiß, nein.«

»Leute, das ist nicht wirklich hilfreich«, jammerte ich. »Ich weiß, dass ihr wahre Intelligenzbestien seid, aber im Leben geht es um einiges mehr als nur um Noten, Bücher und Lernen.« Ich stand auf und lief hin und her wie ein aufgebrachter Trainer am Spielfeldrand, der krampfhaft überlegt, wie sein Außenseiterteam die bösen Jungs doch noch schlagen kann. »Es geht darum, einen Weg zu finden, wie wir gewinnen können. Es geht darum, es entgegen aller Wahrscheinlichkeit doch zu schaffen. Es geht darum, wie David Goliath in den Allerwertesten zu treten.«

In dem Moment ging die Hüttentür auf. Ich schaute hoch und sah Jeremy Kim dastehen mit einem Buch in der einen Hand und einem Taschentuch in der anderen. Sam Thurber, Kenny Sarcofsky und Eric Cunkler standen hinter ihm.

»Hey, könnt ihr bitte ein bisschen leiser sein?«, fragte Jeremy höflich. »Es fällt schwer, sich zu konzentrieren.«

Sollte das ein Scherz sein? »Ernsthaft?«

»Ernsthaft«, sagte Eric. »Ich weiß, es ist nicht leicht für dich, das nachzuvollziehen, aber einigen von uns macht es nun mal Spaß, in Ruhe zu lesen.«

»Wir fänden es einfach nett, wenn ihr etwas leiser wärt«, fügte Kenny mit seinem Knoblauchatem hinzu.

»Ja, nichts für ungut, aber ihr seid echt ein bisschen zu laut«, musste jetzt auch Sam seinen Senf dazugeben. Alle nickten, und Jeremy rundete den Auftritt noch mit einem Niesen ab.

Es kam mir so vor, als würden sie eine komplett andere Sprache sprechen.

»Leute«, begann ich, »ich will nicht, dass ihr das jetzt falsch versteht. Aber ihr seid echt nicht ganz normal. Eigentlich seid ihr sogar das krasse Gegenteil von normal.«

»RUHE!«, kam es donnernd aus Dwaynes Hütte.

»Wir versuchen nur einen Plan auszuhecken, wie wir es mit Camp Sackschutz aufnehmen können.«

»Dann versucht es eben etwas leiser«, brummte Dwayne. »Und nur so nebenbei, ich bin nicht davon ausgegangen, dass du tatsächlich eine Lösung finden würdest.«

Meine vier unnormalen Hüttenmitbewohner gingen wieder rein.

»Vielleicht sollten wir uns auch lieber an unsere Bücher machen«, schlug Jack vor.

»Oh nein, das tut ihr nicht«, protestierte ich. »Leute, ihr seid meine einzigen Freunde hier.«

»Was ist mit Katie und Nareem?«, fragte Jack.

»Die sind zu beschäftigt mit irgendwelchen Referaten«.

In dem Moment hörten wir jemanden singen und drehten uns um. Es war Nareem, der auf dem Weg zur Hütte war. Sein Gesang war ein absoluter Verstoß gegen die Regeln der Stillen Stunde.

»Pssst!«, fuhr ich ihn an. Ich fühlte mich geradezu belästigt von seiner guten Laune. »Wegen dir kriegen wir noch Ärger!«

George und Jack schauten mich erstaunt an, denn es war ja mittlerweile allseits bekannt, dass ich eher ein Unruhestifter als ein Unruhevermeider war.

Nareem lächelte verlegen. »Sorry, Leute.«

»Da hat aber jemand gute Laune«, frotzelte Jack mit breitem Grinsen.

»Ja, da fragt man sich, warum«, fügte George hinzu.

»Richtig, mir geht's wirklich gut«, entgegnete Nareem beschwingt. »Katie und ich sind gut vorangekommen mit unserer Arbeit.«

»Ich wette, das seid ihr«, lobte George und stieß dabei Nareem seinen Ellenbogen in die Rippen. Alle lachten, außer mir.

»Das ist ja fantastisch, Nareem, wirklich schön für dich«, sagte ich. »Aber während du dich vergnügst, muss ich hier einen Weg finden, ein Basketballspiel zu gewinnen, das genau genommen nicht gewonnen werden kann.«

Nareem legte seinen Rucksack ab, nahm sich einen Keks und begann genüsslich zu kauen. »Oh, da hast du recht, das ist eine vertrackte Situation«, sagte er schmatzend. »Aber weißt du, was mich besonders erzürnt? Dass wir gegen diesen Teddy Spivero verlieren sollen. Die anderen im Camp Sackschutz sind gar nicht so übel, aber der ist wirklich schrecklich.«

Mir fiel der Keks aus der Hand.

Zwei Dinge, an dem, was Nareem gesagt hatte, stimmten nicht.

Erstens: Ich wusste nicht, was das Wort ›erzürnt‹ bedeutete.

Und zweitens: *TEDDY SPIVERO*?

Ich starrte Nareem an und begann, wieder auf der Veranda hin und her zu laufen. »Was hast du gesagt, Teddy Spivero?«

Er sah überrascht aus. »Willst du damit sagen, dass du das nicht wusstest? Wir spielen jedes Jahr gegen ihn. Teddy ist immer im Camp Supersportler. Er ist Hannahs Bruder.«

»Wow.« Ich schnappte nach Luft. »Ich kenne ihn.« Teddy Spivero war zufälligerweise mein Erzfeind, und das seit meiner Geburt. Er ist definitiv der ekelhafteste Mensch, der je geboren wurde. Das war besonders schockierend, weil seine Zwillingsschwester Hannah, die wiederum ziemlich gut mit Zoe Alvarez befreundet war, so ziemlich die perfekteste Kreatur der Welt war. Teddy hatte es sich zur Aufgabe gemacht, mich vor seiner Schwester zu blamieren. Und es fällt mir schwer, das zuzugeben, aber es gelang ihm erstaunlich gut.

So richtig konnte ich allerdings noch immer nicht glauben, was Nareem da gesagt hatte, und fragte nach: »Teddy ist im Camp Sackschutz?«

»Ja«, sagte Nareem. »Er ist einer ihrer besten Spieler.«

Das soll wohl ein Witz sein! Teddy Spivero, Camp Sackschutz' Basketballstar. Das war die schlechteste Nachricht des ganzen Sommers – und das will was heißen. Es war schon schlimm genug, in einem Team mit lauter Strebern zu sein, die gleich von einem Haufen Sportskanonen auseinandergenommen werden. Und jetzt stellte sich auch noch heraus, dass mein ganz persönlicher Erzfeind deren Anführer war. Ein Albtraum.

Jack lächelte und sagte: »Vielleicht ist das gar nicht so schlecht.«

Ich sah ihn an, als hätte er zwei Köpfe. »Was redest du da?«

»Denk doch mal nach«, sagte Jack. Das war übrigens der

wohl beliebteste Ausdruck im Camp Lieseinbuch, schließlich liebte jeder es hier, über Dinge nachzudenken. »Du kennst diesen Typ praktisch schon dein ganzes Leben lang. Also weißt du doch ziemlich viel über ihn und kennst bestimmt auch irgendeine Schwäche von ihm, die wir zu unserem Vorteil nutzen können.« Jack stand auf, um die Kekse wegzupacken. Ich konnte mir schnell noch einen schnappen. »Denk mal drüber nach«, sagte er noch einmal und schloss die Dose.

Ich tat, was er sagte – ich dachte darüber nach. Und je mehr ich nachdachte, desto klarer wurde mir, dass er recht hatte. Ich wusste wirklich viel über Teddy Spivero, weil ich jahrelang mit seiner Schwester zu tun hatte. Ich wusste genau, was er mochte und was nicht. Und das Beste, ich kannte seine beiden größten Schwächen.

In meinem Kopf entstand ein Plan.

»George«, sagte ich, »denkst du, deine Freundin Cathy würde mir einen Gefallen tun?«

»Sie ist nicht meine Freundin, aber ja, wenn ich sie fragen würde«, sagte er und lief diesmal nicht rot an. Meine Güte, ein bisschen Beachtung von so einem süßen rothaarigen Mädchen, und er machte hier gleich einen auf Mister Selbstbewusst.

»Cool.« Ich lief zur Tür. »Dwayne, komm mal raus!« Es hätte sein können, dass ich ihn damit aufwecke, aber das war mir egal. Die Stille Stunde konnte jetzt warten.

Die anderen Jungs kamen aus der Hütte gestürmt und schauten mich an, als sei ich verrückt geworden. In etwa so, wie ich sie angesehen hatte, als sie mich baten, etwas leiser zu sein, damit sie lesen konnten.

Dann kam auch schon Dwayne etwas verschlafen herausgestolpert. »Was ist los, Jackson?«, brummte er, öffnete die Keksdose und nahm sich eine Handvoll. »Das sollte besser was Wichtiges sein.«

»Oh, glaub mir, es ist wichtig«, sagte ich. Ich war ziemlich stolz auf mich. Ganz ehrlich, wenn ich mir selbst auf die Schultern klopfen könnte, dann hätte ich es getan.

»Ich glaube, ich habe eine Idee, wie wir dieses Spiel gewinnen können.«

Dann erzählte ich allen von meinem Plan. Nareem, George und Jack halfen mir, ihn noch ein wenig zu verbessern. Die anderen mochten ihn völlig albern finden, Dwayne aber saß einfach nur da und hörte gespannt zu.

Als ich fertig war, stand er auf und lief einige Minuten auf der Veranda hin und her, ohne auch nur ein einziges Wort zu sagen. Es war ganz offensichtlich, dass er überlegte, ob er einem verrückten Jungen vertrauen sollte, den er kaum kannte, oder ob er riskieren sollte, wieder zu verlieren.

Irgendwann huschte ein kleines Lächeln über sein Gesicht, da wusste ich, dass er seine Entscheidung getroffen hatte.

»Wenn das funktioniert«, erklärte Dwayne, »dann bist du hier das größte Genie von allen.« Sein schallendes Gelächter beendete die Stille Stunde ein für alle Mal.

Lieber Jake,

wie sind deine Ferien so? Antworte darauf lieber nicht. Camp Lieseinbuch ist ziemlich genauso, wie ich es mir vorgestellt hatte: viel lesen, viel schreiben, und jede Menge Leute, die mich an dich erinnern.

Katie und Nareem geht es gut. Ich bin mir sicher, dass sie aufeinander stehen. Ein paar andere hier sehen das genauso. Aber es hat noch keiner wirklich darüber geredet, also warten wir mal ab, was passiert.

Übrigens, morgen haben wir ein Basketballspiel gegen das Feriencamp, in dem der Bruder deiner Freundin ist.

Wie geht es Hannah überhaupt? Kreuze an:

☐ schlecht

☐ sehr schlecht

☐ ich habe keine Ahnung, weil wir Schluss gemacht haben.

Dein Kump

Charlie J

7

»Ankündigung! Ruhe bitte für eine Ankündigung!«

Dr. Mal machte seine Ansprachen am liebsten nach dem Essen. Meist waren es irgendwelche wunderbaren Kurzgeschichten, die er gerade las, oder neue Romane, von denen er dachte, dass alle im Camp sie lieben würden. (Nur gut, dass es diese merkwürdigen Verkündungen nicht schon vor dem Essen gab, sonst hätte ich wahrscheinlich den Appetit verloren.) Aber die heute war anders.

»Wie wir alle wissen«, begann er, »ist heute Abend unser erstes Freitagabendlagerfeuer, und morgen findet unser alljährliches Treffen mit den netten Jungs vom Camp Supersportler statt.«

Heftiges Buhen setzte ein.

»Sie meinen Camp Sackschutz!«, brüllte eine Stimme.

Heftiges Jubeln.

Dr. Mal wedelte abwehrend mit den Händen. »Ich weiß, ich weiß, die haben uns in den vergangenen Jahren jede Menge Ärger auf dem Basketballplatz gemacht, aber denkt immer daran, es geht hier nicht ums Ergebnis, es geht darum zu lernen, fair zu spielen, entschlossen und mit Würde. Das sind die Lektionen, die jeder Schüler lernen muss und die er sowohl im Spiel als auch im späteren Leben beherzigen muss.«

Dieser Typ war unglaublich. Musste hier denn wirklich alles mit Lernen zu tun haben?

»Auf jeden Fall hat mir Trainer Dwayne gesagt, dass er dieses Jahr Großes von euch erwartet«, fuhr Dr. Mal fort. »Aber das kann er euch selbst sagen. Ich lade ihn herzlich ein, ein paar ermutigende Worte an euch zu richten. Hier ist er – euer Trainer Dwayne.«

Dwayne war nicht ganz so groß wie Dr. Mal, weshalb er das Mikrofon ein wenig runterstellen musste. Dann sagte er: »Da hier ja alle verrückt nach Büchern sind, will ich es einfach so ausdrücken: Morgen beginnt ein neues ›Kapitel‹ unseres Wettstreits mit dem Camp Supersportler.« Wir jubelten, doch er beruhigte uns wieder. »Ich will unsere Strategie hier nicht preisgeben, nur so viel: KOMMT HUNGRIG!«

Weil er die letzten beiden Worte geradezu gebrüllt hatte, flippten alle völlig aus. Dwayne zwinkerte mir zu und kam zu unserem Tisch. Doch dann fiel ihm etwas ein, und er lief zurück zum Mikro. »Oh, noch eine Sache. Ich würde gerne Cathy Ruddy nach dem Abendessen kurz sprechen. Danke.«

Alle im Speisesaal drehten sich jetzt zu Cathy um, deren Gesicht rot anlief, so rot wie die Rote Bete, die es hier immer zu essen gab, die ich aber nie anrührte.

Nareem beugte sich vor zu mir. »Glaubst du wirklich, dass das klappt?«

»Ja, sag schon«, mischte sich auch George ein.

»Leute, ihr mögt vielleicht die schlausten Jungs im Land sein«, sagte ich, »aber wenn es um idiotensichere Pläne geht, dann bin ich praktisch Albert Einstein.«

Lieber Charlie Joe,

du hast eine Möglichkeit auf der Hannah-Liste vergessen:

d) ihr geht es blendend, und wir sind immer noch zusammen.

Sorry dafür. Wir würden uns beide wünschen, du wärst hier und könntest mit uns chillen.

Ich hoffe, das Camp ist so weit okay und dass du es nicht bereust, daran teilzunehmen. Neulich habe ich deine Mom gesehen, als sie mit Moose und Coco Gassi ging, und da hat sie mir erzählt, wie stolz sie auf dich ist. Also halt einfach noch ein paar Wochen durch, und wenn du dann wieder zu Hause bist, kannst du anstellen, was du willst und wirst keinen Ärger kriegen.

Das mit Katie und Nareem ist genial. Es hatte schon während des Schuljahres so ausgesehen, als würde sich da was entwickeln, deswegen bin ich nicht ganz so überrascht. Ich wette, du freust dich tierisch für die beiden, oder?

Bis bald.

Jake

8

Die Freitagabendlagerfeuer waren eine große Sache im Camp Lieseinbuch.

»Selbst wenn du alles im Camp hasst«, verkündete Nareem, »die Lagerfeuer wirst du lieben.«

»Hassen ist vielleicht etwas heftig ausgedrückt«, antwortete ich und machte eine abwehrende Handbewegung. »Ich ziehe ein ›Ich wär grad lieber woanders‹ vor.«

Nach dem Abendessen liefen alle aus dem Speisesaal raus und einen Waldweg entlang bis zu einer Lichtung am See, wo schon helle Flammen in den Himmel hochloderten.

Ich musste zugeben, das war ziemlich cool.

Alle Lieseinbuchler setzten sich in einem großen Kreis rund um das Lagerfeuer. George arbeitete an seiner Beziehung zu Cathy. Jack hockte bei den anderen Jungs aus unserer Hütte, die noch immer etwas verwundert waren über meine Leseabneigung, und ich saß bei Katie und Nareem, wie immer. Die beiden saßen sehr nah beieinander, näher als gute Freunde, wenn ihr mich fragt. Lauren Rubin saß ebenfalls bei uns, ein ruhiges Mädchen, das sich gerade ziemlich gut mit Katie anfreundete. Lauren las ein Buch. Ich weiß – das ist schockierend, nicht wahr?

Katie kniff mir in den Arm. »Erzähl, Captain Charlie Joe, was ist los bei dir?«

»Oh«, antwortete ich. »Was meinst du?«

»Ich meine, ich habe gesehen, wie Dwayne dir zugezwinkert hat bei der Ankündigung. Ich nehme mal an, dass ihr zwei was ausgeheckt habt für das Basketballspiel. Und ich will wissen, was.«

»Was bist du doch neugierig!«

»Das bin ich wohl.«

»Nun, ich würde es dir ja sagen, aber dann müsste ich dich danach töten.«

Lauren musste hinter ihrem Buch kichern, und Nareem verdrehte die Augen.

»Charlie fand es sehr interessant, dass Teddy Spivero für das Camp Sackschutz spielt«, sagte er.

»Aha«, sagte Katie und überlegte. Dann wandte sie sich an Lauren. »Teddy ist der unausstehliche Zwillingsbruder der berühmten Hannah Spivero. Charlie Joe steht auf Hannah Spivero, und das, seit er die Worte ›Ich stehe auf Hannah Spivero‹ sagen kann.«

»Das war einmal«, verbesserte ich sie. »Ich bin echt über sie hinweg, das ist nicht mal mehr lustig.«

»Dieses Jahr hat er ein Mädchen namens Zoe kennengelernt«, erklärte Katie, »und ganz plötzlich ist Hannah Schnee von gestern.«

»Ich verstehe«, murmelte Lauren, ohne ihren Blick vom Buch abzuwenden.

Ich starrte ins Feuer. Jetzt, da Katie Zoe erwähnt hatte,

vermisste ich sie tatsächlich ein wenig. Also beschloss ich, das Thema zu wechseln.

»Jetzt mal zu euch beiden«, sagte ich zu Nareem und Katie. »Ein Jahr lang habe ich euch in der Schule beobachtet und jetzt plötzlich im Camp geht was?«

»Wir sind jetzt zusammen«, sagte Katie, was Nareem vor Schreck seinen Saft ausspucken ließ.

»Ich hoffe, ihr zwei werdet glücklich«, sagte Lauren. Alle kicherten.

»Haha«, sagte ich sarkastisch. Aus irgendeinem Grund war ich nicht der Meinung, dass die Neuigkeiten über Katie und Nareem so komisch waren. Ich wollte nur, dass sie es endlich allen erzählten, damit wir nicht den Rest unseres Lebens damit verbringen mussten, uns zu fragen, ob sie nun zusammen sind oder nicht.

Jetzt schaute Lauren zum ersten Mal zu mir auf. »Du bist der Kerl, der Lesen hasst, richtig?«

Noch bevor ich was sagen konnte, antwortete Katie für mich. »Angeblich.«

Ich glotzte sie an. »Was soll denn das bitte heißen?«

»Das heißt, ich habe eine Theorie, warum du hierhergekommen bist«, erwiderte Katie. »Ich weiß, dass die offizielle Version die ist, dass du es für deine Eltern gemacht hast, das ist aber nur die halbe Wahrheit.«

Dieser Satz brachte Lauren dazu, ihr Buch zuzuklappen.

»Jetzt bin ich aber gespannt«, seufzte ich. Obwohl ich keine Ahnung hatte, auf was Katie damit anspielen wollte, war mir klar, dass ich eigentlich gar keine Einzelheiten hören wollte.

Katie jedoch kam nun richtig in Fahrt. »Du brüstest dich damit, wie sehr du es hasst, zu lesen«, begann sie, »und wie du alles daransetzt, uns weniger streberhaft dastehen zu lassen. Du willst, dass wir mehr werden wie du. Aber ich weiß nicht, ob ich dir das wirklich abnehmen soll.«

Ich kratzte mich am Kopf, unsicher, ob ich das eben alles richtig verstanden hatte. Man hat mir in meinem Leben ja schon vieles vorgeworfen, aber eine heimliche Leseratte zu sein, das war ganz bestimmt nicht dabei. »Sorry, aber das macht doch echt keinen Sinn«, meinte ich. »Ich mag wirklich keine Hausaufgaben, ich finde auch Schule doof – na ja, bis auf die Sachen, die Spaß machen, wie Pausen, aber eben nicht die Sachen, wo man was tun muss – und ja, ich mag Lesen definitiv nicht.«

»Ich sagte auch nicht, dass du es magst«, fuhr Katie fort. »Ich denke, tief in dir gibt es einen Charlie, der fasziniert ist von schlauen Menschen, von Menschen, die gerne lernen. Die meisten deiner Freunde zu Hause sind schlau. Hast du dir darüber schon mal Gedanken gemacht? Jake, Nareem, Hannah, und wenn ich das so sagen darf, auch ich.«

»Pete Milano ist nicht schlau«, erwiderte ich und bezog mich damit auf meinen Freund, der spezialisiert ist auf Fünfen und Sechsen. Aber Katie war viel zu sehr mit ihrem großen Finale beschäftigt, als dass sie mir zugehört hätte.

»Ich bin sicher, ganz tief in dir«, legte sie nach, »ist ein Teil von dir eigentlich ein Streber.«

Ich war sprachlos. Ich war total geschockt. Wer wäre das nicht gewesen? Das war das Verrückteste, was ich je im Leben gehört hatte. Richtig, ich mag schlaue Freunde, aber doch nur, weil sie mir bei meinen Hausaufgaben und dem ganzen Kram helfen konnten. Und davon abgesehen, wo war hier das Problem?

Plötzlich wurde ich wütend. »Wenn du keinen Bock hast, mit mir hier im Camp abzuhängen, dann sag's doch einfach, Katie.«

»Reg dich nicht auf«, sagte sie.

»Wieso sollte ich mich aufregen?« Meine Stimme wurde lauter. Ich zeigte auf Nareem. »Du hängst doch viel mehr mit Nareem rum als mit mir. Warum ist das wohl so? Vielleicht, weil er hierhergehört und ich nicht? Entweder das oder ihr steht aufeinander. Deswegen solltest du dich lieber mal darauf konzentrieren, herauszufinden, ob aus euch ein Paar wird oder nicht, anstatt immer wieder mit irgendwelchen Sprüchen zu kommen, die mich total nerven.«

Katie sah jetzt ein wenig verletzt aus.

»Das war nicht nett, Charlie Joe«, flüsterte Nareem.

»Tut mir leid«, sagte ich und versuchte ehrlich zu klingen.

Plötzlich läutete jemand eine Kuhglocke.

»Jungs und Mädchen, lasst uns singen!«, rief Ms Domerca, die vor dem Lagerfeuer stand und ein lilafarbenes Kleid mit Äpfeln und Orangen drauf trug.

Ich schaute Nareem an, der nur mit den Schultern zuckte. »Ms Domerca liebt es, gemeinsam zu singen.«

Sie setzte zu einer leicht schiefen Version von »Blowin' in the Wind« an. Nach einer peinlichen Minute legte Katie ihre Hand auf meine Schulter. »Aber du weißt ja, selbst wenn du ein getarnter Streber bist, hab ich dich immer noch lieb«, sagte sie lächelnd.

»Hör auf, mich so zu nennen«, fuhr ich sie an. »Ich meine es ernst.«

Katie starrte mich an, schüttelte den Kopf und lief dann davon. Eine Sekunde später folgte Nareem ihr.

Ich sah sie davonlaufen und wusste nicht, was ich tun sollte. Katie und ich haben uns eigentlich noch nie gestritten. Und es fühlte sich echt komisch an, nicht gut eben. Ich wollte es zurücknehmen, aber dafür war es zu spät.

Lauren saß noch immer auf einem Baumstamm und las. Sie war wie eine Mädchenversion von Jake Katz – nett, schlau, schüchtern und immer mit einem Buch in der Hand. Doch sie erinnerte mich an Jake Katz, bevor er mit Hannah ging und dadurch viel selbstbewusster wurde. Lauren hatte kein großes Selbstbewusstsein, soweit ich das beurteilen konnte.

Ich sah zu ihr. »Was liest du da?«

Lauren streckte mir den Einband entgegen: »Wunder geschehen«. Dann lächelte sie mich an. »Es ist ein Theaterstück. Macht es das irgendwie besser?«

»Was soll denn das bitte heißen?«

»Das heißt, ich weiß, wie sehr du Bücher hasst«, erklärte Lauren und lächelte wieder. »Oder nicht?«

»Können wir bitte aufhören, darüber zu sprechen?«, schnappte ich zurück.

Laurens Gesicht lief knallrot an. »Entschuldige, ich habe bloß einen Witz gemacht.« Beschämt drehte sie sich zur Seite.

Ich wollte mich auch entschuldigen, ihr sagen, dass ich gar nicht auf sie sauer war. Es lag an Katie und ihren nervigen Theorien, an Zoe, weil sie so weit weg war, und an allen meinen Freunden zu Hause, weil sie ohne mich ihren Spaß hatten. Und vor allem lag es an diesem Ort, wo ich mich zum ersten Mal in meinem Leben fehl am Platz fühlte. All das hätte ich Lauren gerne gesagt, aber ich konnte es aus irgendeinem Grund nicht.

Stattdessen sang ich.

How many roads must a man walk down, before you call him a man?

9

Für den Rest des Abends war ich wegen des Streits mit Katie so abgelenkt, dass mich nicht mal die Leckerbissen vom Grill aufmuntern konnten.

In Gedanken spulte ich mein Leben ab: wie ich in der Grundschule die Bibliothek mied, wie ich in der Mittelstufe Timmy McGibney meine Bücher für mich lesen ließ und ihn mit Schokoriegeln bezahlte, und wie ich Jake Katz mit Hannah Spivero bekanntmachte und so meiner Traumfrau buchstäblich hinterherschaute, wie sie mit meinem schlauen Freund dem Sonnenuntergang entgegenlief, nur damit dieser meine Bücher für mich las. Nicht zu vergessen, dass ich freiwillig in einem Theaterstück über Papierhandtücher mitgemacht habe, nur um sicherzustellen, dass mich der Lehrer nicht hasste.

Hört sich das an wie das Verhalten eines Möchtegern-Strebers?

Ich denke nicht.

Jack Strong schlenderte vorbei und kratzte sich ein paar Marshmallowreste vom Kinn. Heute hatte er ein T-Shirt mit der Aufschrift *Amherst* an.

»Ist das auch ein College?«, wollte ich wissen.

»Ja«, antwortete er.

»Wo ist das?«

»Keine Ahnung.«

»Ist dein Dad da auch hingegangen?«

»Mein Onkel«, sagte Jack. »Es ist nur ein kleines College, aber es ist großartig.«

Ich bot ihm meine Serviette an. »Was George da über deinen Dad gesagt hat, also dass er so megaverbissen ist, stimmt das?«

Jack überlegte kurz und antwortete dann: »Ich denke schon. Er will eigentlich nur das Beste für mich. Aber manchmal dreht er ein wenig durch.«

»Hast du ihm jemals gesagt, dass er sich ein bisschen zurückhalten soll?«

Er schaute schockiert. »Das meinst du nicht ernst, oder?«

»Doch, das tue ich. Wenn du zu sehr damit beschäftigt bist, dir immer nur Gedanken ums College und deine Zukunft zu machen, dann bleibt doch keine Zeit mehr, einfach nur Kind zu sein.«

Jack dachte einen Moment über den Satz nach, und ich schaute rüber zu Katie. Ich wollte, dass sie mich in Aktion sieht, wie ich versuchte, jemandem genau vor ihren Augen die Streberei auszutreiben. Aber sie war nirgends zu sehen.

Plötzlich war eine Stimme am Lagerfeuer zu hören. »Hey, Leute, was geht?!? Lasst uns reinhauen!«

Ich schaute hoch. Vor dem Lagerfeuer stand Jared Bumpers, dieser Kerl, der Captain des Basketballteams sein wollte. Er sah aus, als wollte er gleich etwas echt Krasses abziehen. Ich kannte solche Typen wie Jared. Sie warteten ihr ganzes Leben nur darauf, zu den ältesten der Gruppe zu gehören, damit sie sich dann so richtig wichtigtun konnten. Bei Jared kam noch hinzu, dass er mich hasste, weil Dwayne mich zum Captain gemacht hatte.

»Also, wer kommt alles zum großen Spiel gegen Camp Sackschutz morgen?«, brüllte er. Alle jubelten.

Jared verzog sein Gesicht. »Lauter!« Alle jubelten zwar noch mal, aber nicht wirklich lauter als zuvor.

»Das Team hat die ganze Woche hart trainiert«, fuhr Jared fort. »Wir sind gut in Form. Trainer Dwayne hat uns perfekt vorbereitet.«

Kein Ton über Captain Charlie Joe. Natürlich nicht.

Stattdessen schaute Jared Lauren an. »Wie heißt du?«

Lauren blickte sich um, als könne sie nicht glauben, dass er sie angesprochen hatte. »Lauren«, antwortete sie schließlich.

»Weißt du, Lauren, treue Lieseinbuchler wie du sind es, die uns die Kraft geben, da rauszugehen und für unseren Ruf zu kämpfen. Deswegen bitte ich dich her zu mir, um mit mir anzustoßen.«

Ich konnte nicht fassen, was für ein Depp dieser Kerl war, doch offensichtlich teilte Lauren meine Meinung nicht, denn sie ging zu ihm und stellte sich mit ans Feuer. Jüngere Mädchen vergucken sich immer in ältere Jungs, sogar im Strebercamp. Jared schenkte zwei Becher voll Mückensaft (das ist Camp-Sprache für Fruchtsaft) ein und gab Lauren einen Becher. Sie stießen an.

»Auf die Lieseinbuchler!«, sagte er. »Gelehrte höchsten Grades, aber auch Athleten und Wettkämpfer. Mit scharfem Verstand und gesundem Körper. Mit Hirn und Muskeln werden wir siegen!«

Was verzapfte dieser Typ da? Ich suchte Katie, damit wir gemeinsam die Augen verdrehen konnten. Doch dann fiel mir ein, dass wir uns ja gestritten hatten, also hielt ich mich zurück.

Zwischenzeitlich starrte Lauren diesen Jared mit einem Du-bist-so-fantastisch-Blick an.

Das konnte doch nicht wahr sein. Verliebte sie sich wirklich gerade in diesen Typen? Wegen dieser dämlichen Nummer?

Echt jetzt?

Schlaue Menschen können manchmal so dumm sein.

Ich saß so da, sah den widerwärtigen Jared, schüttelte den Kopf über das Dummerchen Lauren, dachte an die völlig verrückte Katie und wünschte mir, bei meiner perfekten Zoe zu sein. Da begriff ich, was hier Sache war.

Nareem lag total daneben. Das Freitagabendlagerfeuer war einfach nur ein weiterer beknackter Programmpunkt hier im Camp.

Lieber Timmy,

wie geht's dir? Hast du tolle Sommerferien bisher? Wunderbar. Ich freue mich ja so für dich.

Die erste Woche hier im Ferienlager habe ich fast hinter mir.

Morgen ist das große Basketballspiel gegen Teddy Spiveros' Camp. Höchstwahrscheinlich sind die hammergut, und er ist ihr bester Spieler. Ich bin Captain unseres Teams, und wir sind grottenschlecht. Es fühlt sich an, als würde der liebe Gott einen grausamen Scherz mit mir machen.

Aber weißt du was? Ich habe einen Plan. Wenn der aufgeht, erzähl ich dir davon. Wenn nicht, dann tu so, als hätten wir dieses Gespräch nie geführt.

Nun, hier ist jetzt Licht-aus-Zeit. Mit anderen Worten, meine Mitbewohner liegen im Dunkeln im Bett und denken über die Bücher nach, die sie lesen, während ich hier liege und darüber nachdenke, wie es wäre, mit euch am Strand abzuhängen. Schreib zurück, wenn du dich von den Pommes losreißen kannst.

Dein Kumpel, CJJ

PS: Ich habe schon eine Weile nichts von Zoe gehört. Kannst du ihr ausrichten, dass sie mir mal schreiben soll? Danke.

10

Am nächsten Morgen warteten wir alle an unserer Fahnenstange, dass der Bus vom Camp Supersportler vorfuhr.

Zwanzig Jungs stiegen aus, einer größer als der andere. Der einzige Junge von uns, der so groß war, war unser Literatur-des-neunzehnten-Jahrhunderts-Gelehrter George Feedleman.

»Das ist nicht gut«, murmelte George, der neben mir stand.

»Keine Sorge, ich hab das im Griff«, beruhigte ich ihn.

Teddy Spivero stieg als Letzter aus dem Bus. Sofort entdeckte er mich.

»Yo, Saftsack Jackson!«, brüllte er und holte damit einen alten Spitznamen hervor. »Es ist kein Witz, du bist also wirklich hier im Camp Sei-ein-Streberlein mit all den Trottelkönigen! Alter, du scheinst da echt reinzupassen!«

Mein Gesicht brannte vor Wut. Für mich war es okay, wenn ich mich über meine Campkameraden lustig machte, nicht aber, wenn er es tat. Mag schon sein, dass sie Trottelkönige waren, aber sie waren *meine* Trottelkönige.

»Ich freu mich auch, dich zu sehen, Teddy«, erwiderte ich und versuchte cool zu bleiben. Die Rache würde später folgen. Auf dem Basketballplatz.

»Ich bin George Feedleman«, stellte sich George vor und streckte ihm die Hand entgegen. »Ich spiele Mittelfeld.«

Teddy schaute George an und begann laut zu lachen. »Jungs, hier lernt ihr den großen Meister kennen!«, kläffte er zu seiner Mannschaft.

Teddys Kumpels versammelten sich um ihn, quatschten miteinander und schüttelten George die Hand. George nickte überglücklich, weil er es nicht gewohnt war, dass so viele Sportler um ihn herumscharwenzelten. Doch dann begriff er, dass sie sich nur über ihn lustig machten, und fing an, nervös zu blinzeln.

Dr. Mal sah, was los war, und kam zu uns.

»Herrschaften, es ist schön, dass wir uns alle kennenlernen, aber die Supersportler-Jungs haben eine lange Busfahrt hinter sich, und ich bin sicher, sie wollen sich noch ein bisschen die Beine vertreten vor dem großen Spiel.«

»Nee, alles gut bei uns«, wehrte Teddy ab und klatschte Dr. Mal auf die Schulter, als wären sie alte Kumpels. »Die Fahrt hat doch nur eine halbe Stunde gedauert. Aber könnten wir vielleicht was zu essen kriegen? Das wär wirklich ABGEFAHREN.«

In dem Moment, als Teddy das Wort »essen« sagte, schauten Dwayne und ich uns an. Er nickte. Ich nickte. Der Plan stand.

»Teddy, schön dich zu sehen«, sagte Katie, die wie üblich an Nareem klebte. »Wie geht's Hannah?«

»Macht vermutlich gerade mit Jake rum«, antwortete Teddy und stieß mir seinen Ellenbogen in die Rippen. »Tut noch immer weh, was?«

»Nicht wirklich«, konterte ich. »Alles bestens. Ich bin gerne hier. Eine Menge genialer Leute. Und im Gegensatz zu eurem Camp haben wir hier Mädchen.«

»Haben die auch alle behaarte Beine wie die Klugscheißerinnen zu Hause?«, fragte Teddy.

Im Augenwinkel sah ich, wie Lauren und ein paar andere Mädchen flüchtig auf ihre Beine blickten.

»Du bist ja so ein Idiot«, warf ich Teddy an den Kopf.

Er boxte mir gegen den Arm und fragte: »Okay, jetzt mal im Ernst, wie sehen denn die Mädels hier aus? Können schlaue Mädchen überhaupt hübsch sein?«

Ich beachtete ihn nicht weiter. Ein riesengroßer blonder Kerl stimmte das Supersportler-Camplied an, und die Übrigen fielen mit ein. Der Text ging in etwa so:

Sportler!
Supersportler!
Sportler!
Supersportler!
Sportler!

Nach etwa einer Minute tippte ich Teddy auf die Schulter.

»Hat das Lied eigentlich auch einen Text?«, fragte ich.

Teddy schaute böse und blaffte mich an. »Verzieh dich!« Dann trottete er singend hinter Dr. Mal her, der ihm den Weg zum Speisesaal zeigte, wo es den Vor-dem-Spiel-Snack gab.

Ich stand noch immer am Fahnenmast und schaute zu meinen Campkameraden. Die waren die ganze Zeit mucksmäuschenstill geblieben. Dieses ganze Camp-Sackschutz-hier- und Camp-Sackschutz-da-Gelaber war das eine, aber jetzt, wo das Team tatsächlich hier war, bekam keiner den Mund auf.

»Leute!«, rief ich. »Was ist los? Jetzt sagt nicht, dass euch diese Clowns Angst einjagen! Reißt euch zusammen! Die sind doch selbst für eine zweite Strophe ihres Liedes zu blöd! Diese Deppen machen wir fertig!«

In der Hoffnung, dass mich wenigstens George und Jack unterstützen würden, guckte ich sie hilfesuchend an. Aber nichts. Genau in dem Moment wurde mir etwas klar. Hier im Camp, alleine unter ihresgleichen, waren diese Kinder frei, glücklich und entspannt. Doch sobald jemand aus der Außenwelt hinzukam, zogen sie sich zurück und wurden wieder zu den stillen und seltsamen Außenseitern – die sie die restlichen elf Monate des Jahres waren.

Ich packte Jared Bumpers an der Schulter.

»Jared, erinnerst du dich an deine aufmunternde Rede am Lagerfeuer? Genau so was könnten die Jungs jetzt gerade echt gut brauchen.«

Aber Jared hatte seine Zuversicht verloren. »Gib auf, Jackson«, seufzte er. »Hast du gesehen, was das für große

Kerle sind? Das wird doch das reinste Gemetzel. Wie jedes Jahr ... «

»Nein, wird es nicht«, widersprach ich.

»Hör auf, so zu tun, als wüsstest du immer alles!«, brüllte Jared. »Das ist dein erstes Jahr hier im Camp! Du gehörst nicht hierher, also hör endlich auf, so zu tun als ob.«

Ich bemühte mich, ihm nicht zu sagen, was für ein Blödmann er war.

»Ich bin der Captain des Teams«, sagte ich gelassen. »Und ich möchte, dass sowohl du als auch der Rest des Teams sich jetzt warmmacht.«

»Vergiss es«, murmelte Jared, trommelte das Team dann aber doch zusammen und machte sich auf den Weg zum Platz. Ich hielt Ausschau nach Dwayne und entdeckte ihn drüben beim Speisesaal, wo er telefonierte.

»Sind wir startklar?«, rief ich rüber.

Dwayne hielt den Hörer zu. »Jap, alles super, ich bestelle gerade.«

»Genial«, lobte ich ihn. »Wer fährt Cathy?«

»Ich«, antwortete Ms Domerca, die plötzlich hinter mir aufgetaucht war. »Ich habe von deinem Plan gehört ... und ich finde ihn hinterhältig, böse und niederträchtig.« Dann umarmte sie mich so, dass mir ihre Halsketten und Armbänder ins Gesicht schlugen.

»Und das ist auch der Grund, warum ich ihn wunderbar finde«, fügte sie hinzu.

11

Das Spiel begann wie angekündigt.

Der große blonde Supersportler-Junge, dessen Name sich als Chad herausstellte, konnte den Sprungball zu Beginn des Spiels für sich entscheiden. Der Ball flog zu einem anderen großen Kerl, der ihn zum nächsten großen Kerl passte, der ihn dann zu Teddy weiterspielte, der daraus einen Korbleger machte.

Und so ging das weiter.

Das erste Viertel endete achtzehn zu sechs. Unsere Punkte kamen von einem Einwurf von mir, einem Korbleger von George, der gegen das Brett prallte und dann durchs Netz ging, und von zwei Foulwürfen von Jared Bumpers. Als seine Würfe reingingen, tänzelte Jared auf dem Spielfeld herum, als hätte er gerade einen Drachen getötet, während der Kerl, den er hätte decken sollen, quer übers Feld lief und punktete.

»Jared, zurück auf deine Position!«, schrie ich.

»Hetz mich nicht!«, brüllte Jared zurück.

Unsere beiden anderen Mitspieler waren Sam, der Junge aus meiner Hütte, der immerhin ein bisschen dribbeln konnte, und ein Mädchen namens Becky, die zu Hause in einem Basketballteam war. Becky spielte ziemlich ordentlich, aber sie war gerade mal ein Meter vierzig groß, und solange sie kein

Trampolin aufs Spielfeld kriegte, würde sie keine Treffer gegen die Sackschutzjungs landen.

Die gute Nachricht war jedoch, dass deren Team, mal von Teddy und Chad abgesehen, gar nicht so toll war. Sie waren zwar alle groß, klar, aber es stellte sich heraus, dass sie keinesfalls echte Basketballprofis waren.

Sie benahmen sich eher wie Fußballspieler, die nicht wussten, dass Grätschen beim Basketball verboten ist. Folglich foulten zwei ihrer Spieler schon im ersten Viertel zweimal, was gut war, denn bei fünf Fouls wurde man vom Spiel disqualifiziert. Dr. Mal war Schiedsrichter, und einige der Supersportler-Jungs beschwerten sich darüber, dass er das Spiel viel zu streng pfiff, aber Dr. Mal hätte es nie zugelassen, dass seine Schützlinge von den Monstersportlern aus dem Nachbarcamp verletzt worden wären. Irgendwie mochte ich ihn deshalb.

Nachdem das erste Viertel überstanden war, liefen wir rüber zur Seitenlinie.

»Super Start!«, lobte Dwayne. (Wenn es um Sport ging, gab es im Strebercamp keine hohen Erwartungen.) Dann holte er ein Klemmbrett heraus und begann lauter X und O zu zeichnen, was bald mehr wie Vier-gewinnt aussah als ein Basketballspiel.

»Leute, wir müssen uns etwas mehr auf die Offensivtaktik konzentrieren«, fuhr er fort.

Sam hob die Hand. »Was ist das, eine Offensivtaktik?«

Becky verdrehte ihre Augen.

»Egal«, sagte Dwayne. »Euer Job ist es, weiterhin Fouls von den Jungs zu kassieren. Wenn wir sie dazu bringen, so viel zu foulen, dass sie rausmüssen, können wir das Ding gewinnen.«

Die Supersportler-Spieler auf der Bank stimmten einen Schlachtruf an.

2-4-6-8

Streber kriegen nie eine ab!

Aber unsere Fans antworteten mit einem eigenen Schlachtruf.

I-J-K-L

Ihr Loser verdient irgendwann für uns das Geld!

Nur fünfzehn Minuten bis zur nächsten Pause. Ich schaute zu Dwayne.

»Wir sind so weit«, sagte er. »Sie sind auf dem Rückzug.«

Das zweite Viertel begann wie das erste – nicht wirklich gut. Dr. Mal pfiff noch ein paar Fouls, und ich erzielte einen Drei-Punkte-Wurf (kein Witz), der die Menge toben ließ. Teddy gefiel das allerdings gar nicht, er lochte zwei Korbleger hintereinander ein. Nach dem zweiten rannte er rüber zu unseren Fans und brüllte: »Na, wie gefällt euch das, ihr Schwachautomaten?«

Mr Hodges, unser Englischlehrer, schüttelte den Kopf. »Es heißt Schwachmaten, das weiß ja sogar ich«, verbesserte er.

»Das weiß ich auch!«, wehrte sich Teddy. »Ich hab euch nur getestet! Ihr liebt doch Tests, nicht wahr?« Dann klatschte er seinen Trainer ab, einen Typ, dessen Knie bis zu meinem Kopf reichten.

Und dann, etwa eine Minute vor Ende des Viertels, startete ich einen schnellen Gegenangriff. Erst sah es aus, als würde es ein Korbleger werden. Aber wie aus dem Nichts sprintete Teddy quer über das Spielfeld und blockte meinen Wurf. Der Ball driftete ab ins Nirgendwo. Ich flog der Länge nach auf den Boden.

»Du befindest dich in meinem Revier!«, schrie Teddy runter zu mir. »Mein Revier!« Ich hatte nicht mehr die Kraft, ihm zu erklären, dass, genau genommen, er sich in meinem Revier befand. Ich bin mir aber ziemlich sicher, dass es ihm ohnehin egal gewesen wäre.

Als Teddy über den Platz zurück zu seiner Position schlenderte, kämpfte ich mich auf die Beine. Plötzlich hörte ich ein lautes Geräusch, das immer lauter wurde. Ich konnte erst nicht wirklich sagen, was es war, doch dann wurde es mir klar.

Es war ein lautes Buhen. Unendlich laut.

Ich sah rüber zur Seitenlinie. Jeder einzelne Lieseinbuchler buhte Teddy Spivero aus, was die Lungen hergaben. Die Jungs aus meiner Hütte. Selbst die Gruppenleiter. Und dann feuerten sie mich alle an. »Du schaffst das, Charlie Joe!«, »Los, mach sie fertig, Jackson!«, »Los, wir stehen hinter dir!«

Teddy brüllte übers Spielfeld: »Klappe, und geht zurück in eure Bücherei!« Aber das ließ die Meute nur noch lauter buhen.

Ich glaube, es war das erste Mal, dass ich mich hier wie ein echter Lieseinbuchler fühlte.

Das Viertel endete 34:14. Das Gute war, zwei der Supersportler-Spieler hatten schon je drei Fouls, was so viel hieß wie: noch zwei weitere Fouls, und sie waren erledigt. Allerdings stand das Spiel nicht wirklich auf der Kippe, schließlich war dieser Idiotenhaufen zwanzig Punkte im Vorsprung. Kein Wunder, dass die sich auf der Bank abklatschten und lachten. Was in aller Welt könnte jetzt noch die große Pleite von Camp Lieseinbuch verhindern?

Das nächste Viertel, das könnte es.

12

Wie ihr vielleicht noch wisst, hatte ich erwähnt, dass ich Teddys Schwächen kennen würde. Ich glaube, ich bin noch nicht dazu gekommen, euch zu sagen, welche das sind.

Also: Pizza und rothaarige Mädchen.

Schon so lange ich ihn kenne – und das ist genauso lang, wie ich seine Schwester Hannah kenne (und anhimmele) – waren Teddys Lieblingsbeschäftigungen Pizza essen und mir auf die Nerven gehen. Beides konnte er in der Kantine der Grundschule wunderbar miteinander verbinden. Für gewöhnlich lief das so ab, dass ich neben seiner Schwester saß, krampfhaft überlegte, wie ich sie am besten ansprechen könnte, und genau in dem Moment tauchte Teddy auf und brüllte durch den ganzen Raum: »Hör auf, meine Schwester anzustarren!« Dann nahm er mir die Pizza weg und verschlang sie mit einem Bissen. Und dann schrie er mir die Worte »Ich liebe Pizza über alles!« direkt ins Gesicht, drehte sich um, lief davon und ließ mich zurück, ohne Pizza, ohne Würde und ohne jede Chance bei Hannah.

Kurz darauf entdeckte Teddy seine Vorliebe für rothaarige Mädchen. Das war in der vierten Klasse. Er begann, diesem

Mädchen namens Maureen Cochrane nachzustellen und nannte sie ständig »Erdbeerköpfchen«. Er tat so, als würde er sich über sie lustig machen, aber in Wirklichkeit wusste jeder, dass er total in sie verschossen war. Dann zog ein neues Mädchen, Kelly Gilbride, in die Stadt und plötzlich war Teddy auch hinter ihr her und nannte sie »Himbeerköpfchen«. Das war definitiv seltsam, aber nicht anstößig oder so. Jedenfalls, wann immer eines der beiden Mädchen versuchte, ein Gespräch mit Teddy anzufangen, lief er rot an wie deren Haare und rannte davon. Ich kann mich noch erinnern, dass Katie das eigentlich ganz süß fand. Bis zu dem Tag war das auch das einzige Mal, dass ich die beiden Worte *Teddy* und *süß* in einem Satz hörte.

Aber wie dem auch sei, das ist jedenfalls die Geschichte über Teddys beiden Schwächen.

Und das wiederum hilft euch, alles, was als Nächstes passiert, besser zu verstehen.

13

Während der Pause saßen wir auf der Bank, als ein Auto ankam.

Dr. Mal sah es auch und fragte in die Runde: »Was ist denn jetzt los? Autos dürfen doch gar nicht so nah ans Spielfeld ranfahren.«

Aber bevor jemand irgendwas sagen konnte, hüpfte Ms Domerca auf der Fahrerseite heraus und hatte ein breites Grinsen im Gesicht.

»Stärkung!«, verkündete sie. Und was trug sie in den Händen? Ungefähr zehn Kartons heiße Pizza.

Dann ging die Beifahrertür auf und Cathy Ruddy stieg aus, sie hatte noch mehr Pizzakartons in der Hand.

Teddy warf einen kurzen Blick auf Cathys feuermelderrote Haarpracht, stand von der Bank auf und glotzte, was das Zeug hielt.

Dann lief Cathy schnurstracks rüber zum Supersportler-Team. Alle starrten sie mit offenen Mündern an. Teddy stand der Mund am weitesten offen.

»Kann ich euch Jungs vielleicht für Pizza begeistern?«, fragte Cathy sehr flirtlustig, genauso wie Dwayne sie gebeten hatte. »Sie ist köstlich.«

Teddy und sein Team sprangen sofort von der Bank hoch und stürzten sich auf die Pizzakartons.

»Langsam Jungs, einer nach dem anderen«, mahnte Cathy, was die Kerle aber nur noch schneller reinhauen ließ.

»Was ist denn hier los?«, fragte Dr. Mal Dwayne genervt. »Mir hat keiner was von Pizza in der Pause erzählt.«

»Wir dachten, das ist eine nette Abwechslung für die Spieler«, erwiderte Dwayne. »Das Spiel hat ja nicht so strenge Regeln – und wer steht nicht auf Pizza?«

»Das gibt ihnen vielleicht Energie für das nächste Viertel!«, fügte Ms Domerca hinzu.

Dr. Mal musterte sie und kratzte sich dabei am Kopf, als wüsste er, was hier im Schilde geführt wurde. Ganz sicher war er sich dann aber doch nicht. »Sie hätten das vorher mit mir absprechen sollen, gibt es denn wenigstens genug für alle?«

»Sicher«, antwortete Ms Domerca. »Los Leute, bedient euch!«

Als die anderen Spieler sich um die restlichen Pizzakartons drängten, nickte ich Cathy zu, das war ihr Zeichen. Sie lief rüber zu Teddy und legte den Arm um seine Schultern.

»Na, ich habe gehört, dass du Pizza liebst«, flirtete sie mit ihm.

Teddy verstummte. Ich glaube, er hatte noch immer ein bisschen Angst vor Rotschöpfen.

Cathy versuchte es noch einmal. »Ich habe gehört, Pizza ist dein Lieblingsgericht.«

»Von wem?« Endlich war Teddy in der Lage zu sprechen.

»Ich weiß so einiges über dich«, sagte Cathy lächelnd.

»Echt jetzt?«, entgegnete Teddy schon ein wenig sicherer. Jetzt schaute er ihr direkt in die Augen. »Was denn zum Beispiel?«

Nun war Cathy an der Reihe, die Schüchterne zu spielen. Schließlich sagte sie: »Nun ja, ich habe gehört, dass du es schaffst, eine ganze Pizza in weniger als zwei Minuten aufzuessen. Das ist echt cool.«

»Da hast du richtig gehört«, nuschelte Teddy bereits mit vollem Mund und stopfte weitere Pizzastücke hinterher.

Als Chad, Teddys riesiger Mannschaftskamerad, sah, was da passierte, kam er sofort rübergerannt. »Alter, spinnst du? Das ist echt nicht clever, wir müssen noch weiterspielen.«

»Alles im grünen Bereich«, sagte Teddy, wobei er kleine Stückchen Peperoni ausspuckte. »Ich mach das schon.«

Katie, Lauren und Jack kamen auf mich zu und starrten Teddy an. »Was tut er da?«, fragte Lauren.

»Es sieht so aus, als wolle er versuchen, sich eine ganze Pizza auf einmal in den Mund zu stopfen«, sagte ich.

»Aha«, wunderte sich auch Katie, ohne mich anzuschauen. Sie schien noch immer sauer auf mich zu sein wegen unserer kleinen Meinungsverschiedenheit am Lagerfeuer.

Ich zuckte mit den Schultern. »Aha, was?«

»Aha, ich verstehe«, murmelte Katie. »Die Pizza. Der Rotschopf. Sehr gut.«

Sie kannte mich einfach zu gut.

»Was ist sehr gut?«, wollte jetzt auch Lauren wissen.

»Lass dir niemals von Charlie Joe einreden, dass er nicht schlau wäre«, erklärte sie.

»Da mach dir mal keine Sorgen«, sagte Jack und verdrehte die Augen. »Charlie hat uns noch nie weismachen wollen, dass er nicht schlau wäre.«

»Was mich wiederum nur bestätigt«, sagte Katie.

Jack sah verwirrt aus. »Worin?«

»Ihr werdet es nicht glauben«, begann ich zu erzählen. »Katie ist der Ansicht, ich wäre ein Bücher liebender Streber wie ihr alle. Sie meint, der Grund, warum ich immer wieder sage, dass ich lesen hasse, liegt darin, dass ich es insgeheim toll finde.«

Jack dachte einen Moment lang nach. »Das macht sogar Sinn«, überlegte er laut, »wir alle haben doch geheime Wünsche. Ich zum Beispiel wünschte, ich könnte mein ganzes Leben auf dem Sofa verbringen und fernsehen.«

»Ach du meine Fresse«, krächzte ich. »Erzähl das bloß nicht deinem Dad.«

»Werd ich schon nicht«, antwortete Jack schnell.

Dann richteten wir unsere Aufmerksamkeit wieder auf Teddy, der soeben eine ganze Pizza in weniger als achtundneunzig Sekunden verdrückt hatte. Cathy klatschte Beifall.

»Wow, das ist ja unglaublich. Gute Arbeit«, lobte sie ihn mit ihrem süßesten Lächeln auf den Lippen.

»Danke«, murmelte Teddy mit vollem Mund. Plötzlich brach ihm der Schweiß aus, woraufhin ihm einer seiner Teamkameraden zur Erfrischung eine Cola brachte. »Hier, trink das«, sagte der Junge und hatte offensichtlich nicht die geringste

Ahnung, dass Kohlensäure alles nur noch schlimmer machen würde.

Viel schlimmer.

Nachdem Teddy die Cola hinuntergestürzt hatte, eierte er rüber zu seiner Bank, wo Chad gerade einen Basketball auf dem Finger drehte. Das sah schon alles recht vielversprechend aus, fand ich, und ging näher an die beiden heran.

»Mann, du siehst nicht gerade fit aus«, sagte Chad zu Teddy. »Ich hab dir doch gesagt, dass es eine blöde Idee ist, die ganze Pizza auf einmal in sich reinzustopfen.«

»Lass mich in Ruhe«, schnaufte Teddy. »Ich muss mich erst mal hinsetzen.«

Chad schüttelte den Kopf. »Komm schon, Alter, wir haben ein Spiel vor uns. Bist du bereit oder was?«

Teddy sagte eine Weile gar nichts, dann kotzte er die Pizza über Chads Hose.

Chad starrte entsetzt auf sein Trikot. »Alter, DEIN ERNST?«

DAS wiederum beantwortete Teddy, indem er auch gleich noch Cola auf Chads Turnschuhe kotzte.

»DU BIST JA SO EIN VOLLIDIOT!«, brüllte Chad ihn an, und genau in dem Moment kamen Dwayne, Dr. Mal und der Supersportler-Trainer angerannt.

»Was ist denn hier los?«, schrie Dr. Mal. Irgendwie schien das heute sein Lieblingssatz zu sein.

Chad zeigte zu Teddy. »Dieser Trottel hat eben eine ganze Pizza in einer Minute runtergeschlungen, nur um ein Mädchen zu beeindrucken, und dann hat er alles auf mich gekotzt!«

»Na ja, aber immerhin hab ich sie geschafft, oder?«, antwortete Teddy, der sich offenbar schon ein wenig besser fühlte. »Du Vollidiot, sieht eher so aus, als hättest du es eben NICHT geschafft.«

Bevor jemand irgendwas tun konnte, schnappte Chad sich Teddy, und eine wilde Prügelei ging los, bei der beide auf dem Boden landeten.

Ich will ja nicht ekelig sein, aber überall flogen kleine Kotzklumpen Pizza rum.

»Igitt!«, schrie Cathy.

Dr. Mal pfiff so laut durch seine Schiedsrichterpfeife, wie ich es noch nie zuvor gehört hatte. »Aufstehen. Beide!«, brüllte er Chad und Teddy an.

Nach ein paar weiteren Sekunden Kotz-Kampf standen sie endlich auf.

»Los, geht euch sauber machen«, befahl er. »Und dann setzt euch auf die Bank. Ihr seid beide raus aus dem Spiel.«

Dwayne kam rüber zu mir. »Wow, das läuft ja besser, als

ich es mir je hätte vorstellen können«, flüsterte er. »Sieht ganz so aus, als würden wir das Ding hier jetzt gewinnen können.«

Ich nickte. Er hatte recht. Operation Pizza erfolgreich durchgeführt. Wir waren davon ausgegangen, dass Teddy sich bestenfalls so mit Pizza vollstopft, bis er nicht mehr richtig spielen konnte. Dass er aber den zweitbesten Spieler des Teams komplett vollkotzen würde und beide dann für den Rest des Spiels auf die Strafbank mussten, das hätten wir niemals ahnen können. Das war ja besser als jeder Traum.

Dwayne signalisierte dem Team, aufs Spielfeld zu kommen. Auf dem Weg schnappte ich mir Cathy.

»Du warst fantastisch«, lobte ich sie.

Sie lächelte mich an. »Danke.« Dann ging sie zu George und drückte ihm einen Kuss auf die Wange.

»Wenn ihr gewinnt«, erklärte sie ihm, »dann kriegst du noch einen zweiten auf die andere Seite.«

14

Das nächste Viertel lief dann ganz anders.

Nach ungefähr fünf Minuten flog der drittbeste Spieler unserer Gegner wegen zu vieler Fouls raus, und drei Minuten später musste ein weiterer dran glauben.

Die anderen Spieler kriegten Panik. Wie aus dem Nichts war Becky plötzlich ohne Deckung und machte drei Drei-Punkte-Würfe hintereinander.

Sam schaffte einen Korbleger, ich zwei Sprungwürfe, und George, der sich nach Cathys Kuss wie Superman fühlte, blockte drei Würfe und schnappte sich jeden Abpraller vom Korb. Selbst Jared schaffte es, durch gute Defensivarbeit an den Ball zu kommen. Wir wurden von allen angefeuert, und mit jedem Korb wurden wir sicherer. Mittlerweile saß Teddy auf der Bank, sein vollgekotztes T-Shirt hatte er ausgezogen und ein Handtuch um den Kopf gewickelt, und ihm war definitiv der Appetit vergangen.

Zum Ende des Viertels lagen wir nur noch 38:34 zurück.

Unsere Fans flippten völlig aus. Sie witterten den Sieg gegen Camp Sackschutz, zum ersten Mal überhaupt.

»Weiter so!« Dwayne machte uns zu Beginn des letzten Viertels Dampf unterm Hintern. »Eure Gegner sind so gut wie am Ende. Im Sport geht es um Ideen und Zuversicht, und wir haben gerade beides. Lasst es uns zu Ende bringen.«

Bei Dwayne hörte sich das so einfach an, war es aber nicht. Die anderen merkten plötzlich, dass sie Gefahr liefen, das erste Camp-Sackschutz-Team zu sein, das gegen uns verlieren würde. Also rissen sie sich zusammen und spielten jetzt um einiges besser. Aber wir gaben nicht nach und blieben am Ball, wir spielten hart und machten Punkte.

Das Spiel wurde ein wirklich leidenschaftliches Basketballmatch.

Fünfzehn Sekunden vor Schluss stand es 48:48. Einer der Jungs verpatzte seinen Wurf, und George schnappte sich den zurückprallenden Ball. Dwayne nahm sofort eine Auszeit und erklärte uns: »Wir behalten den Ball für den letzten Wurf. Wer will den machen?«

»Ich«, meldete sich Jared, obwohl er im gesamten Spiel nur vier Punkte geholt hatte.

»Die Antwort will ich vom Mannschaftskapitän hören«, sagte Dwayne.

Jareds Gesicht lief rot an. »Das ist Betrug«, beschwerte er sich, wurde aber von allen anderen ignoriert.

Ich dachte kurz nach und sagte: »George sollte den letzten Wurf machen.«

George blinzelte und schüttelte den Kopf. »Auf gar keinen Fall.«

»Nein, ernsthaft«, setzte ich nach. »Alle werden davon ausgehen, dass ich ihn mache oder Becky. Du wirst völlig frei sein, keiner wird dich decken.«

George überlegte kurz und holte dann tief Luft. »Okay gut, aber wenn das in die Hose geht, werde ich dir das nie verzeihen.«

Wir liefen zurück aufs Spielfeld. Ich nahm den Ball und warf ihn zu Becky. Sie dribbelte über das Spielfeld und passte den Ball zu Sam, der ihn sofort wieder zu mir warf. Alle Camp-Sackschutz-Spieler umkreisten mich, während George unter dem Korb in Position lief. Ich täuschte einen Wurf an, drückte mich dann unter all den Armen durch und schickte den Ball mit einem Bodenpass zu George. Noch zwei Sekunden. George schaute zum Korb hoch, sprach zu sich selbst, vermutlich so eine Art Stoßgebet, und machte dann den schlechtesten Korbwurf, den ich je gesehen hatte. Der Ball tänzelte gefühlte zwanzig Minuten auf dem Korb, rollte drauf herum – und plumpste dann doch ins Netz.

Die Spieler beider Mannschaften und die Zuschauer hielten die Luft an. Es war für alle ein Schockmoment. Dann drehte sich George um und schaute zu Cathy.

»Er ist reingegangen«, sagte er leise.

Jetzt wurde es plötzlich richtig laut. Die Leute brüllten, was das Zeug hielt. Unsere Lieseinbuchler stürmten aufs Spielfeld und hoben uns auf die Schultern, als hätten wir gerade die NBA-Meisterschaft gewonnen (oder den Nobelpreis). Die Kinder umarmten sich gegenseitig, manche umarmten Dr. Mal, und Dwayne wurde mit Cola geduscht. Es war wie im Irrenhaus, einem sehr glücklichen Irrenhaus.

Die Supersportler-Spieler warteten geduldig darauf, uns die Hände zu schütteln. Es stellte sich heraus, dass sie echt gute Sportler waren. »Glückwunsch, hervorragendes Spiel«, sagten

sie wieder und wieder. Selbst Chad schien es ernst zu meinen. Teddy war der Einzige, der sich wie ein Idiot benahm und mir den Zeigefinger auf die Brust drückte.

»Loser«, spottete er. »Du kannst einfach nicht gewinnen, ohne zu bescheißen. Ich weiß, was du im Schilde geführt hast. Nächstes Jahr wird das nicht mehr passieren, glaub mir. Nächstes Jahr lassen wir keine Gnade walten.«

Ich klatschte ihn gegen seinen Willen ab. »Nächstes Jahr bin ich am Strand.«

15

Als die Supersportler-Jungs wieder wegfuhren, gingen wir alle zum Speisesaal, wo die Eiscremeparty stattfinden sollte, was aber ziemlich seltsam war. Denn nachdem der erste Wirbel auf dem Basketballfeld vorüber war, wurde den Lieseinbuchlern doch tatsächlich bewusst, dass sie nicht den blassesten Schimmer hatten, wie man einen Sieg angemessen feiert, weil so was schließlich noch nie vorgekommen war. Nachdem alle ein paar Minuten blöd in der Gegend rumstanden und ihr Eis aßen, ging Dwayne zum Mikrofon aufs Podium.

»Ich bitte mal kurz um eure Aufmerksamkeit«, sagte er. »Ich will mich nur bedanken, dass ihr heute zum Spiel gekommen seid. Und ich dachte, vielleicht wollt ihr jetzt gern ein paar Worte von demjenigen hören, der uns zu dem Sieg verholfen hat … Captain Charlie Joe Jackson!«

Alle jubelten (außer Jared natürlich), als ich das Mikrofon nahm. Doch zum ersten Mal in meinem Leben hatte ich keine Ahnung, was ich sagen sollte.

»Ich weiß, ihr denkt, ich hasse Bücher und lernen und so Zeug«, begann ich schließlich. Ich sah zu Katie, weil ich ja mittlerweile wusste, dass sie anderer Meinung war. »Und ich weiß, dass es eine Weile gedauert hat, bis ihr euch an mich gewöhnt habt«, fuhr ich fort. »Aber irgendwie finde ich es auch ganz cool, mein Gehirn zu benutzen. Selbst wenn es nur dafür ist, einen Plan zu entwickeln, wie man einen Jungen dazu bringt, so viel Pizza in sich reinzustopfen, dass er kotzt.«

George ahmte Teddy nach, wie er sich übergibt, und alle grölten.

»Wie dem auch sei«, fügte ich hinzu, »danke, dass ihr es mit mir aushaltet.«

»Noch«, frotzelte Jack, und wieder schmissen sich alle weg vor Lachen.

Ich übergab das Mikrofon an Dr. Mal und setzte mich wieder hin. Auf dem Weg zu meinem Platz klatschten mir die Leute auf die Schulter.

»Was für eine erste Woche«, begann Dr. Mal seine Rede und war sichtlich bemüht, nicht als Spielverderber dazustehen. Man konnte genau sehen, dass er noch immer sauer war, weil wir ihn nicht in den Pizzaplan eingeweiht hatten. Da das aber ein so großer Moment fürs ganze Camp war, beschloss er, es auf sich beruhen zu lassen.

»Und stellt euch vor, ich habe noch mehr gute Nachrichten für euch«, fuhr Dr. Mal fort.

»Anfang nächster Woche werde ich euch eine aufregende Neuerung mitteilen, die eure Camp-Erfahrungen noch um ein Vielfaches bereichern wird.«

Fragend schauten wir uns an.

»Was soll das denn jetzt?«, fragte ich in die Runde, und plötzlich war mir gar nicht mehr nach Feiern zumute.

»Das werden wir noch früh genug erfahren«, sagte George. »Ich kann es kaum erwarten. Dr. Mal ist einfach der Beste.«

Ach du meine Güte. Ich war definitiv auf dem Weg, Dr. Mal schätzen zu lernen, doch »der Beste« … das war nun wirklich nicht die passende Bezeichnung, die mir für ihn einfiel.

Katie kam auf mich zu, und diesmal schaute sie mich sogar an.

»Gute Arbeit«, lobte sie. Noch bevor ich begriff, dass sie eigentlich nett zu mir war, zog sie die Augenbrauen hoch. »Wie sich herausstellt, hast du ja nur eine Woche gebraucht, um dich hier heimisch zu fühlen. Wenn ich es nicht besser wüsste, würde ich behaupten, du wärst jetzt einer von uns. Du weißt schon … so ein Streber.«

»Haha«, sagte ich.

Katie stand nur da und wartete.

»Gut«, gab ich zu. »Ist ganz okay. Und es ist schon ziemlich cool, dass ich mich hier aufgenommen fühle. Trotzdem hasse ich Bücher noch immer und alles, was damit zu tun hat.«

»Wow«, sagte George, »dass jemand wie du es cool findet, sich bei Leuten wie uns einzuleben.«

»Wie meinst du das?«, fragte ich.

George schüttelte den Kopf.

»Das Leben kann manchmal schon echt verrückt sein«, antwortete er.

Hallo Charlie Joe,

Glückwunsch, du hast die erste Woche im Camp überstanden. Jetzt hast du nur noch zwei lange Wochen vor dir.

Ich will dir gar nicht erzählen, wie viel Spaß ich diesen Sommer habe, weil ich keine Lust darauf habe, dass du mich dann wieder beschuldigst, ich würde mich freuen, wenn's dir schlecht ginge. Darum habe ich beschlossen, kein Wort darüber zu verlieren, wie hammergenial und superkrass meine Ferien bis jetzt waren.

Ernsthaft, kein Wort werde ich dir sagen.

Also, ich muss los, ein bisschen Spaß haben.

Timmy

Zweite Woche

Lieseinbuchler, vereinigt euch!

16

Leute, ich muss zugeben, zu Beginn der zweiten Woche fing ich an, mich ein bisschen so zu fühlen, als gehörte ich ins Camp Lieseinbuch. Aber ich möchte anmerken, dass es sehr wohl einen Unterschied gibt zwischen *sich so fühlen als ob* und *wirklich* hierhergehören.

Es ist wahr, ich fühlte mich nicht mehr wie ein kompletter Außenseiter. Doch da waren noch immer eine Menge Dinge hier im Camp, die ich so gar nicht verstand. Zum Beispiel, dass alle in die Camp-Bücherei rannten, wenn die neue Büchersendung ankam. Ich kapierte auch nicht, warum man Briefe aus Spaß schrieb. Und am allerwenigsten und überhaupt niemals würde ich verstehen, warum um alles in der Welt man Bücher las, während man zum Essen lief.

Aber vor allem hatte ich nicht die geringste Idee, warum die Lieseinbuchler die Unterrichtsstunden so toll fanden, äh, sorry, ich meinte die *Workshops*. In den Ferien zur Schule zu gehen ist ohnehin etwas, das mir unbegreiflich bleibt. Das würde ich meinem ärgsten Feind nicht wünschen, außer vielleicht Teddy Spivero.

Am Montag nach dem großen Basketballsieg, saß ich im Kreatives-Schreiben-Workshop, der eigentlich noch der erträglichste war, weil Ms Domerca ihn leitete. Ich arbeitete gerade an einem wichtigen Projekt: George davon zu überzeugen, seine Beziehung mit Cathy ins nächste Level zu bringen.

Das Sich-auf-die-Lippen-küssen-Level.

»Du bist jetzt ein Sportheld«, sagte ich zu ihm. »Das lässt dich auf der Mädchen-Beliebtheitsskala richtig steigen.«

»Könntest du bitte damit aufhören?«, flehte George mich undankbar an.

Ich zuckte mit den Schultern. »Wie du willst. Ich sage ja nur, dass sie dir quasi mit diesem Kuss auf die Wange die Tore geöffnet hat.«

»Ich bin nicht hier, um mich mit Mädchen zu verabreden, ich bin hier, um zu lernen«, beharrte er.

»Vielleicht kannst du ja was über Mädchen lernen«, klinkte sich Jack Strong in das Gespräch ein. Ich lachte. Jack erwies sich doch als ziemlich witzig. Allerdings trug er noch immer seine nervigen T-Shirts (heute stand *NYU – New York University* drauf), aber zumindest war er jetzt ein bisschen lockerer.

Jacks Witz erwies sich als das Ende unserer Unterhaltung. Zuerst hörte ich nur das bekannte Rascheln von Ms Domercas Armbändern, dann auch ihre Stimme hinter mir.

»Entschuldigt, dass ich euch unterbreche, Jungs. Charlie Joe, könnte ich dich mal kurz unter vier Augen sprechen?«

Oh, oh.

Ich folgte ihr nach draußen vor die Blockhütte. Wir schauten hinunter zum großen, wunderschönen See. Ihr wisst schon, der, in dem ich gerade nicht schwimmen konnte, weil ich ja in einem schulähnlichen Workshop festhing, in einem schulähnlichen Klassenzimmer in einem schulähnlichen Gebäude.

»Was gibt's?«, fragte ich.

Ms Domerca setzte sich auf eine Hollywoodschaukel und begann, vor- und zurückzuschwingen. »Charlie Joe, wie lange kennen wir uns jetzt?«

War das eine Fangfrage? »Äh, eine Woche.«

»Richtig!« Ms Domerca lächelte mich an, als hätte ich gerade die Lösung für den Hunger auf der Welt gefunden. »Und in all der Zeit, würdest du da nicht sagen, dass wir ziemlich gut miteinander auskamen und dass ich, wie das bei Lehrern so ist, nicht zu deinen fünf schlimmsten zähle?«

Ich sah sie an. »Ja, das könnte man so sagen. Um was geht es hier genau?«

»Ich will, dass du mir einen Gefallen tust.«

Ich wusste es. Die Freundlichkeit, die Komplimente, die Hilfe bei der Operation Pizzaparty – das war alles nur ein Trick, um mich dazu zu bringen, ihr einen Gefallen zu tun.

Typisches Lehrerverhalten.

»Und was soll das sein?«, fragte ich und war aufs Schlimmste gefasst. Was dann auch eintraf.

Ms Domerca griff nach einem Heftchen, das auf dem Tisch lag, und hielt es mir vor die Nase. Es war eine Ausgabe des *Bücherbergs*, der Camp-Zeitung.

Ich hielt sie mit zwei Fingern von meinem Körper weg, als wäre sie giftig. »Ihr Ernst?«

»Mein Ernst. Ich bin die betreuende Lehrerin, und ich möchte, dass du dich der Gruppe anschließt.«

»Warum?«

»Weil ich denke, dass du ein guter Schreiber sein könntest«, antwortete Ms Domerca und klatschte mit der Hand auf mein Bein. »Du bist witzig, du bist klug, und dir mangelt es nicht an Einfällen. Ich bin überzeugt, dass du eine hervorragende Ergänzung zu unserem Team wärest. Du könntest unser Kolumnist sein und schreiben, worüber du möchtest.«

Ich zog die Augenbrauen hoch. Ich hatte keine Ahnung, was ein Kolumnist war, aber es hörte sich echt cool an. Schreiben, worüber ich möchte? Wo ist der Haken?

»Nur eine Sache«, fügte Ms Domerca hinzu, »deine Kolumnen müssen mit einem Buch zusammenhängen, das du hier im Camp liest.«

Es gibt immer einen Haken.

»Also lassen Sie mich das mal richtigstellen«, sagte ich und setzte mich neben sie auf die Hollywoodschaukel. »Ich kann über alles schreiben, was ich will, was aber so nicht stimmt, weil es aus einem Buch stammen muss?«

Ms Domerca seufzte. »Warum muss nur immer alles so ein Kampf mit dir sein, Charlie Joe? Du musst doch sowieso lesen und schreiben. Das hier ist ein Camp, in dem man liest und schreibt. Also warum sollte man es dann nicht wenigstens mit Spaß machen?«

Ich dachte eine Sekunde darüber nach.

»Außerdem«, fügte sie hinzu, »werden alle anderen deine Artikel lesen. Jeder wird wissen, was du zu sagen hast.«

Hmm. Das hörte sich schon interessant an. Durch das Basketballspiel habe ich die Sympathien von einigen ja schon ergattert. Das Schreiben würde mich einen ganzen Schritt weiterbringen, nicht zu vergessen, dass es mir eine große Hilfe bei meiner Mission sein könnte, diese Streber in normale Menschen zu verwandeln.

»Abgemacht«, stimmte ich zu. »Ich werde es probieren.«

»Wunderbar!« Ms Domerca rannte zurück in die Blockhütte. Fünf Sekunden später kam sie mit einem Stapel Bücher zurück.

»Ich dachte, du könntest mit denen anfangen.« Sie tätschelte mir den Kopf, als wäre ich ein Hund. »Wir treffen uns immer montags, dienstags und donnerstags während der ersten Erholungsphase. Die Zeitung erscheint immer mittwochs und freitags.«

Dann ließ sie mich mit meinen Büchern allein. Hatte ich bereits erwähnt, dass die Bücher allesamt fett waren? Wirklich. Richtig fett. Und soweit ich das beurteilen konnte, waren nicht in einem einzigen Buch Bilder drin.

Ich schaute mir jedes einzelne Buch zirka null Sekunden lang an und ging dann zurück in die Hütte.

17

»Nareem«, bat George beim Mittagessen, »kannst du mir bitte mal die Karotten reichen?«

George liebte sie, was auch ein Grund war, warum er mit Abstand der mir am wenigsten ähnliche Freund war, den ich je hatte.

Selbst Nareem hasste Karottengemüse.

»Hier, bitte«, sagte Nareem, während alle anderen nur den Kopf schüttelten. Ekelhaft.

»Ach, Nareem, das erinnert mich an was«, nuschelte Jack mit vollem Mund, »was ist eigentlich mit dir und Katie? Seid ihr jetzt zusammen?«

Nareem schaute Jack an. »Wieso erinnert dich das Karottengemüse an mich und Katie?«

»Tut es nicht«, sagte Jack und alle grölten los.

Ich lächelte. In den ersten Tagen hier im Camp wurde bei den Mahlzeiten über Bücher, Gleichungen und andere Lernmethoden diskutiert. Mittlerweile verbringen wir die meiste Zeit damit, über Mädchen zu quatschen. Wenn ihr mich fragt, dann ist das eine echt bedeutende Entwicklung.

Nareem fühlte sich sichtlich unwohl. »Also, Tatsache ist«, begann er und betrachtete genauestens die Makkaroni mit Käse vor sich, »dass ich bereits darüber nachgedacht habe. Ich bin nicht sicher, ob ich momentan genügend Zeit für eine Freundin hätte.« Dann sah er mich an. »Was denkst du, Charlie Joe?«

»Worüber?«, fragte ich.

»Mann«, seufzte Nareem. »Über Katie.«

»Ich denke, wenn ihr es endlich schafft zuzugeben, dass ihr einander mögt, dann würde das Schlagzeilen machen.« Sofort fiel mir auf, dass sich das irgendwie dämlich anhörte, also fügte ich hinzu, »sie ist das bezauberndste Mädchen der Welt, und es ist der Wahnsinn, dass sie dich mag, Alter, also Glückwunsch.«

»Was ist mit dir, Charlie Joe?«, fragte Jack. »Gibt es da ein neues, streberhaftes Mädchen in deinem Leben?«

»Nein«, sagte ich.

»Was ist mit Lauren Rubin?«

Ich schüttelte den Kopf. »Nö, nur Freunde. Außerdem steht sie auf Jared Bumpers aus irgendeinem schwachsinnigen Grund.«

Dann fragte Nareem: »Was läuft da mit Zoe?«

»Von der hab ich nix gehört in letzter Zeit«, stieß ich schnell hervor und hatte das Gefühl, mir würden die Ohren glühen. »Nicht seit diesem Brief am dritten Tag des Camps?«

Nareem schüttelte den Kopf. »Das ist seltsam.«

»Ja, egal.« Plötzlich hatte ich das brennende Verlangen, das Thema wieder auf Bücher und Lernen zu schwenken. »Genug Mädchengerede. Hey, dieser zweite Workshop heute Morgen, Schnelllesen, war der nicht der Hammer?«

Gabeln fielen auf die Tische. Saft spritzte aus Mündern. Die Jungs guckten sich erst gegenseitig an, dann mich.

»Wer bist du«, fragte George, »und was hast du mit Charlie Joe gemacht?«

18

Der coolste Ort im ganzen Camp war das Lesefutter, so nannten sie die Cafeteria. Hier konnte man Getränke, Süßigkeiten und andere Snacks kaufen. Oder aber einfach abhängen und Spaß haben. Das einzige Problem war, dass sie immer nur für fünfzehn Minuten zwischen den einzelnen Workshops aufhatte. Das war wie eine Minipause. Da abzuhängen fühlte sich wahrscheinlich genauso an, wie die fünfzehn Minuten Hofgang, die Gefangene im Gefängnis haben.

Während der ersten Stillen Stunde verwandelte sich das Lesefutter in die Nachrichtenzentrale des Bücherbergs. Das Beste daran war, dass wir für unsere Lakritze während des Treffens nicht mal was bezahlen mussten! Zum Zeitungsteam zu gehören sah unter diesen Umständen schon viel besser aus.

Als ich die Cafeteria bei meinem ersten Treffen betrat, sah ich ein paar bekannte Gesichter. Jack Strong, Lauren Rubin und Jared Bumpers waren auch dabei. Und natürlich war Ms Domerca anwesend mit ihrer, wie immer, viel zu guten Laune.

»Charlie Joe, herzlich willkommen!«, sang sie.

»Hi«, grüßte ich zurück.

Jack schaute mich an. »Was hat ein Drückeberger wie du an einem Ort, wo man lernt, verloren?«

Ich zeigte auf Ms Domerca. »Sie bat mich mitzumachen und sagte, ich dürfe schreiben, worüber ich wolle.«

Ms D. klatschte in die Hände. »Leute, kann ich eure Aufmerksamkeit für eine Sekunde haben? Charlie Joe wird bei uns als Kolumnist mitmachen. Das heißt, er wird Meinungsbeiträge schreiben im Gegensatz zu den klaren, objektiven Berichterstattungen, wie sie der Rest von euch macht.«

Jared versuchte, mich mit seinem Blick zu töten. »Moment mal, wieso kann er schreiben, was er will?«

»Ihr werdet nächste Woche die Gelegenheit bekommen, Meinungsbeiträge zu schreiben«, sagte Ms Domerca. »Wir gehören alle zu einem Team.«

Jared erhob sich. »Also, ich arbeite an einer Studie, die sich mit den Frühstücksgewohnheiten der Lieseinbuchler beschäftigt und wie sich diese auf gute Arbeit in den morgendlichen Workshops auswirkt«, verkündete er. Dann legte er den Arm um Lauren. »Und ich habe beschlossen, dass Ms Rubin mit mir daran arbeiten kann.«

Lauren, der offenbar die Region im Gehirn fehlte, die verantwortlich dafür ist, widerliche Menschen zu erkennen, nickte zustimmend.

»Das hört sich wirklich spannend an«, sagte Ms Domerca und stand mit ihrer Meinung offensichtlich ganz alleine da. »Wie sieht es mit den anderen aus?« Sie schaute zu Jack Strong. »Jack, hast du eine Idee, worüber du gerne schreiben würdest?«

Jack nahm einen Schluck seiner Limo. »Ich könnte mir vorstellen, Kinder zu befragen, wie sie dem Druck standhalten, wenn in so jungen Jahren schon so viel von ihnen verlangt wird.«

»Oh, sehr interessant«, sagte Ms Domerca.

»Vielleicht solltest du die Eltern dazu befragen«, merkte ich an. »Denn die sind doch diejenigen, die uns Kinder ultra stressen wegen so Zeug wie auf welches College wir irgendwann mal gehen.«

Jacks Gesicht lief rot an. »Du weißt doch gar nichts über meine Eltern«, blaffte er mich an.

»Wer hat von deinen Eltern gesprochen?«, protestierte ich zwar, wusste aber, dass er recht hatte.

Ich hatte eine Grenze überschritten. Der Druck, den sein Vater ihm machte, musste enorm sein. Wenn Eltern einem sagen, man solle gute Noten schreiben, ist das eine Sache. Aber wenn sie einem sagen, dass man nach Harvard gehen soll, ist das eine andere.

»Sorry, Alter«, entschuldigte ich mich.

Ms Domerca drehte sich zu mir um. »Und was ist mit dir, Charlie Joe? Kamst du schon dazu, dir die Bücher, die ich dir gegeben habe, anzuschauen? Hast du dir eins rausgesucht, mit dem du dich näher beschäftigen willst?«

Die einzig wahre Antwort auf diese Fragen war nein und noch mal nein, doch gerade schien mir nicht der richtige Zeitpunkt, um wahrheitsgemäß zu antworten. »Aber natürlich«, sagte ich stattdessen. Dann griff ich zu dem Stapel Bücher neben mir und schnappte mir einfach irgendeins. »Ich habe mich entschieden, mit diesem hier anzufangen.«

»Was für eine wunderbare Wahl von dir!«, freute sich Ms Domerca mit einem Schrei der Begeisterung.

Das wiederum machte mich neugierig auf das geheimnisvolle Buch, für das ich mich entschieden hatte. Vorne auf dem Umschlag war das Bild eines Mannes. Er lächelte und trug einen buschigen Schnurrbart. Dann fiel meine Aufmerksamkeit auf den Titel. *Lech Walesa: Der Weg zur Demokratie.*

Lech Walesa? Was war das? Ein Land? Eine Fremdsprache? Irgendein komisches Meeresungeheuer?

»Krasse Wahl«, kicherte Jared mit einem fiesen Grinsen.

»Wer IST dieser Kerl?«

»Das ist eine lange Geschichte«, sagte ich und hielt das für die sicherste Antwort für den Moment.

Zu meiner Rettung übernahm Ms Domerca das Wort. »Lech Walesa ist einer der größten Helden des zwanzigsten Jahrhunderts«, verkündete sie. »Er war ein polnischer Arbeiter, der die Solidaritätsbewegung gegründet hat, einen politischen Wandel, der dabei behilflich war, den Kommunismus in Osteuropa zu Fall zu bringen.« Sie schenkte mir ein Lächeln. »Charlie Joe, du bist dabei, dich auf eine wunderbare Reise zu begeben. Ich bin sehr beeindruckt von deiner Wahl. Ich freue mich wirklich darauf, zu sehen, inwieweit dich dieses Buch inspiriert für deinen ersten Artikel. Ich müsste ihn dann bis morgen vorliegen haben, damit er noch in die Mittwochausgabe mit reinkann.«

Ich versuchte zurückzulächeln. »Klasse.«

Solidarität? Kommunismus? Osteuropa?

Heiliger Mist. Was hatte ich mir da bloß eingebrockt?

Liebe Zoe,

ich versuche herauszufinden, warum du mir noch nicht zurückgeschrieben hast. Ich bin auf zwei Möglichkeiten gekommen: 1. Dein Leguan hat den Zettel, auf dem meine Adresse stand, gefressen. Oder 2. Die Post hat deinen Brief verschlampt und ihn an jemanden mit einem ähnlichen Namen in einem anderen Feriencamp ausgeliefert, zum Beispiel im Camp Isseinbuch.

Spaß beiseite, ich hoffe, du hast fantastische Ferien. Dennoch wäre es toll, wenn ich was von dir hören würde. Ist alles okay? Jake hat mir einen Brief geschrieben und erzählt, dass er dich nicht wirklich oft sieht.

Im Moment versuche ich mich davor zu drücken, ein Buch über Lech Walesa zu lesen, der berühmt dafür ist, den Kommunismus vernichtet zu haben und dafür den Nobelpreis bekommen hat. Wenn du mich allerdings fragst, was seine größte Leistung ist, dann muss ich sagen, sein Schnurrbart, der ist wirklich krass.

Kann es kaum erwarten, von dir zu hören!

CJJ

19

»Das ist deine Chance«, sagte ich zu George und stieß ihm den Ellenbogen in die Rippen. »Geh einfach rüber und sprich sie an, sei ein Mann.«

Wir waren gerade unten am See, Wassersport war angesagt. Es war bereits spät am Nachmittag, und ich versuchte krampfhaft, nicht mehr an diesen Lech Walesa und sein nerviges Buch zu denken. Deshalb beschloss ich, weiter an meinem Projekt George zu arbeiten und ihm zu helfen, Cathy Ruddys Herz zu gewinnen.

George reagierte ziemlich seltsam, wenn es um Cathy ging. War er mit uns allein in der Hütte, dann tat er so, als würde er sie jeden Moment heiraten. Wenn er aber in ihre Nähe kam, dann schien er zu vergessen, wie man überhaupt spricht.

Cathy lag auf ihrem Badetuch und unterhielt sich mit ihrer Freundin Samantha, die eine Art nationale Buchstabier-Meisterin

war. George schaute nervös zu ihr rüber und flehte mich an: »Kommst du mit mir?«

»Nein«, sagte ich. »Das ist dein Ding. Du packst das. Komm, jetzt ist deine Zeit!«

George holte tief Luft und machte sich dann auf, Richtung Cathys Badetuch. Er lief, als wäre er auf dem Weg zum Büro des Direktors. Ich sah, dass er etwas zu ihr sagte, sie schaute zu ihm hoch und lächelte. Sie unterhielten sich gefühlt eine Sekunde, dann setzte George sich neben sie. Ungefähr zehn Sekunden später stand Samantha auf und rannte zum Wasser. Cathy blieb bei George. Fünf Sekunden später legte er den Arm um sie.

Ich beobachtete das alles und war total von mir beeindruckt. Zuerst das mit Jake und Hannah, jetzt George und Cathy. Wenn es ein Collegestipendium fürs Verkuppeln gäbe, dann würde ich das mit Sicherheit gewinnen.

»Charlie Joe! Charlie Joe! CHARLIE JOE!«

Ich drehte mich um und bekam einen Schwall Wasser ins Gesicht. Als ich mir die Augen trockengewischt hatte, sah ich Jared vor mir, der einen Eimer in der Hand hatte und sich halb totlachte. Lauren stand neben ihm, peinlich berührt, wie immer.

»Sorry, Alter, es sah so aus, als bräuchtest du eine Abkühlung«, sagte Jared noch immer kichernd.

»Da hast du wohl recht«, antwortete ich und wischte mir das Gesicht mit einem Handtuch ab. »Um ehrlich zu sein, tat das sogar richtig gut.«

»Nein, tat es nicht«, widersprach Jared.

Dann kam Dwayne auf uns zu. »Jared, was soll das?«

»Nichts, Dwayne, alles gut. Wir haben nur ein bisschen Spaß.«

Dwayne starrte Jared an. »Nun, das ist nicht die Art von Spaß, die wir hier haben wollen.«

»Es tut ihm leid«, sagte Lauren.

»Denkt immer daran, die Freizeit ist zur Erholung da. Also lasst uns miteinander klarkommen und ausruhen«, erklärte Dwayne. »Vor allem, weil das nicht für ewig sein wird.«

Wir glotzten ihn an. »Wovon redest du da?«, fragte ich.

Er schaute zum Hügel hin, wo Dr. Mals Blockhütte stand, und nickte. »Ich habe Gerüchte gehört, dass Doc einen weiteren Workshop vorm Mittagessen einführen will.«

Aha, das war dann also die »aufregende Neuerung«, die Dr. Mal bei der Feier anlässlich des Basketballspiels ansprach.

Ich stampfte mit dem Fuß auf, was im Sand nur leider nicht den gewünschten Effekt hatte. »Noch einen Workshop? Das ist nicht dein Ernst!«

»Ich könnte es nicht ernster meinen«, antwortete Dwayne. »Das ist jetzt schon eine ganze Weile im Gespräch. Sieht so aus, als hätten wir über die Jahre hinweg zu viele Erholungsphasen eingeplant, damit ist es hier nicht anders als in jedem anderen Feriencamp.« Dwayne ließ sich in den Liegestuhl fallen. »Außerdem ist mir zu Ohren gekommen, dass einige Eltern sich darüber beschweren, sie würden für ein akademisches Sommercamp Geld zahlen und dafür gäbe es nicht genug Lernangebote.«

Zeitgleich guckten alle Jack an, wahrscheinlich war sein Vater der Übeltäter.

»Was?«, verteidigte er sich.

»Lasst Jack in Ruhe«, forderte uns Dwayne auf. »So ist die Welt da draußen heutzutage. Megahart mit einem Megawettbewerb.«

»Aber das ist irre«, beschwerte ich mich. »Wir haben doch schon den ganzen Vormittag Unterricht!«

Katie und Nareem hatten den Tumult mitbekommen und kamen zu uns rüber. Ein paar andere Leute folgten. Die Einzigen, die nicht kamen, waren George und Cathy, die waren mit sich beschäftigt und kriegten sonst gar nichts mit.

»Was ist hier los?«, fragte Katie.

»Dr. Mal will uns noch einen weiteren Workshop aufdrücken«, erklärte ich ihr, »was für mich natürlich perfekt wäre, stimmt's, Katie? Ich meine, weil ich ja heimlich eine echte Leseratte bin und auch das Schreiben liebe ... «

»Halt den Mund«, blaffte sie zurück.

Nareem kratzte sich am Kopf. »Ich muss gestehen, obwohl ich die Workshops wirklich mag, finde ich, dass gerade ein perfektes Gleichgewicht zwischen Lernen und Ausruhen herrscht.«

Die anderen Kinder nickten zustimmend. Jeremy, dieser Nieser aus meiner Hütte, nieste zum Einverständnis.

»Gesundheit«, wünschte Nareem. Er war der Einzige, der

das immer noch zu Jeremy sagte. Der Rest der Truppe hatte beschlossen, das nicht mehr zu tun. Jeremy verbrachte so viel Zeit mit Niesen, dass es wohl ohnehin keinen Menschen auf der Welt gab, dem mehr Gesundheit gewünscht wurde als ihm.

Dwayne zuckte mit den Schultern. »Dr. Mal hat hier das Sagen, und wenn er mehr Workshops will, dann werden wir hier mehr Workshops haben. Oder sollte ich lieber sagen, dann werdet *ihr* mehr Workshops haben.« Er konnte sich ein Kichern nicht verkneifen. »Ich werde dann auf dem Basketballplatz weiter an meinem Korbleger arbeiten.«

»Das ist nicht cool, Dwayne«, murrte ich.

Doch da war er schon halb den Hügel rauf. »Gleich ist die nächste Stille Stunde, Herrschaften«, brüllte er zurück, »und dann gibt's Abendessen. Wenigstens lässt Dr. Mal euch genug Zeit zum Futtern.«

»Noch«, murmelte Jack, als wir zu unserer Hütte trotteten. »Noch.«

20

Beim Abendessen ging es sehr ruhig zu, weil wir gespannt auf die Bekanntmachung warteten. Alle aus unserer Blockhütte saßen zusammen an einem Tisch. Sogar George hatte es geschafft, sich von Cathy loszureißen. Schwere Zeiten sollte man immer mit seinen Kumpels durchstehen.

Nicht mal auf den Nachtisch hatte ich so richtig Lust, und das war das erste Mal in meinem Leben.

Dann endlich, der Moment der Wahrheit. Dr. Mal ging zum Mikrofon.

»Ankündigung. Bitte Ruhe für eine Ankündigung.«

Eine total dämliche Aufforderung war das, weil sowieso Totenstille herrschte. »Heute Abend habe ich eine große Neuigkeit bekanntzugeben.« Dr. Mal räusperte sich. »Wie die meisten von euch wissen, sind wir stets bestrebt, dass das Camp Lieseinbuch für euch zu den allerbesten und lohnenswertesten Erfahrungen auf diesem Planeten gehört. Unsere Mission ist es, alle hier auf ein erfolgreiches und tolles Leben vorzubereiten.«

Dr. Mal machte eine Pause, als würde er auf Applaus warten – doch es kam keiner. Sicher, das hier war ein Camp für Streber, aber zu viel war zu viel.

»Es ist äußerst wichtig, dass wir stets nach Wegen suchen, um unser Programm zu verbessern. Wir dürfen keine Angst vor Veränderungen haben. Genau genommen sind Veränderungen sogar notwendig, wenn man in diesen Zeiten überleben will.« Wieder ein Räuspern. »Und wir haben eine Veränderung, wir haben beschlossen, einen neuen Workshop in den täglichen Stundenplan aufzunehmen. Wir werden ihn den *Extra Workshop* nennen, und er wird sich damit beschäftigen, wie ihr euer theoretisches Wissen bestmöglich in der realen Welt anwenden könnt. Wir werden euch also nicht nur für die Schule allerbestens vorbereiten, sondern auch für die Schule des Lebens, in der bekanntlich sehr hart ausgesiebt wird.«

Die Schule des Lebens? Welch einschüchternde Drohung.

Doch Dr. Mal war noch nicht fertig. Es kam noch schlimmer. Das Übelste hatte er sich für den Schluss aufgehoben. »Dieser Workshop wird jeden Morgen nach dem Frühstück stattfinden«, fuhr er fort. »Und die Neuerung des Stundenplans wird darin bestehen, das *Freie Schwimmen* um elf Uhr zu streichen.«

»Moment, WAAAS?«

Ein Raunen breitete sich im ganzen Speisesaal aus, doch Dr. Mal sprach einfach weiter. »Bitte! Ich verstehe eure Bedenken, aber zieht keine voreiligen Schlüsse. Wir werden weiterhin Wassersport am Nachmittag anbieten. Außerdem wird der neue Stundenplan nicht vor Freitagmorgen in Kraft treten, was euch genug Zeit gibt, euch damit auseinanderzusetzen und anzufreunden. Alles Weitere dann als Aushang morgen früh hier im Speisesaal. Gut, das war's für heute.«

Dr. Mal legte das Mikrofon schnell weg und sprintete nach draußen. Ihm war natürlich klar, wie unbeliebt der neue Plan war, und er wollte keinesfalls noch was sagen.

Wenn er geahnt hätte, was noch passiert, dann hätte er wohl einfach weitergesprochen.

21

Normalerweise war Lesen das Allerletzte, was ich in der Lesezeit vor dem Schlafengehen tat. Manchmal starrte ich nur die Wand an. Manchmal zählte ich aber auch Jeremy Kims Nieser (ich glaube, sein Rekord für eine Stunde lag bei zweiundsechzig). Manchmal redete ich einfach mit Nareem, der im Bett unter mir schlief, bis er mich anmeckerte, still zu sein, damit er lesen konnte.

Aber an diesem Abend, nach Dr. Mals grausamer und schockierender Bekanntmachung, war Nareem gar nicht zum Reden zumute, an der Wand gab es keine interessanten Flecken, und selbst Jeremy war zu fassungslos, um zu niesen.

Also schlug ich das Buch mit diesem Kerl mit dem riesigen Schnurrbart auf und begann zu lesen.

Bitte erzählt das nur niemandem.

Wie dem auch sei, es stellte sich heraus, dass dieser Typ aus Polen, dieser Lech Walesa, kein guter Schüler war. Der ist nicht mal aufs College gegangen. (Als ich das las, fand ich ihn super.) Er war Elektriker in einer Schiffswerft und baute da wohl an Schiffen mit, bis ihm eines Tages klar wurde, dass die kommunistischen Bosse ihre Arbeiter echt mies behandelten. Also sprach er mit allen Arbeitern und brachte sie dazu, so lange zu streiken, bis die Bosse die Arbeitsbedingungen verbessern würden. Als das aber nicht funktionierte, brachte er immer mehr Menschen im ganzen Land dazu, die Werftmitarbeiter zu unterstützen. Bald war fast das gesamte Land auf ihrer Seite, und schließlich stellten sich die Menschen gegen die Bosse in der polnischen Regierung und machten Lech Walesa zum Präsidenten des Landes.

Ehrlich gesagt, das war schon eine echt krasse Geschichte, und das, obwohl sie in einem Buch stand.

Erst als wir dann das Licht ausmachen sollten, wurde mir klar, dass ich ungefähr fünfzig Seiten gelesen hatte! Das ist echt viel, selbst für so einen menschlichen Computer wie George. Ich legte das Buch zur Seite, konnte aber nicht einschlafen.

Ich musste immerzu darüber nachdenken, was dieser Typ erreicht hat. Irgendwie hat er einfach nur einen Haufen Leute davon überzeugt, ihre Meinung zu sagen und sich mutig gegen die Ungerechtigkeit einzusetzen, und so konnten sie alle zusammen was erreichen.

Das war's. Plötzlich saß ich aufrecht im Bett. Ich hatte eine Idee, eine Idee, die so simpel war, dass ich es schier nicht glauben konnte.

Ich war kein Pole, ich war auch kein Elektriker, und ich hatte definitiv keinen supercoolen Schnurrbart … aber es wurde Zeit für die beste Lech-Walesa-Kopie, die es je gab.

Ich holte meine Taschenlampe raus und fing an zu schreiben.

22

Am nächsten Tag bei unserem *Bücherberg*-Treffen gab ich Ms Domerca meinen Artikel.

Lieseinbuchler VEREINIGT EUCH!
Von Charlie Joe Jackson

Gestern hat Dr. Mal verkündet, dass er einen zusätzlichen Workshop morgens auf den Stundenplan bringen will und uns dafür das Schwimmen streicht.

Ich denke, das ist nicht fair.

Wir alle arbeiten wirklich hart hier im Camp, vor allem, wenn man unser Leben mit dem unserer Freunde zu Hause vergleicht, die am Strand, auf dem Spielplatz oder sonst wo abhängen, wo man eben Spaß haben kann. Wir lesen und schreiben viel mehr, als ein normales Kind es tun sollte, vor allem, wenn man bedenkt, dass gerade Sommerferien sind.

Jetzt sagt man uns, dass wir noch mehr arbeiten sollen. Für mich ergibt das keinen Sinn. Nur weil alle Kinder hier im Camp schlau sind, heißt das nicht automatisch, dass sie auch vierundzwanzig Stunden am Tag schulische Sachen machen wollen. Sooo super finden wir Lesen nun auch nicht.

Also, was können wir Lieseinbuchler dagegen tun? Ich habe eine Idee.

Ich habe da dieses Buch über Lech Walesa gelesen, es heißt »Der Weg zur Demokratie« und handelt davon, wie Menschen gemeinsam gegen andere Menschen kämpfen, die Macht über sie haben. Es erzählt, wie sie laut sagen, dass sie sich ungerecht behandelt fühlen, und wenn sie zusammenhalten, dann können sie es schaffen, dass andere sich ändern.

Ich schlage vor, wir Lieseinbuchler sollten das auch tun. Gemeinsam sollten wir uns weigern, zu diesem Extra Workshop zu gehen! Lasst uns lieber mehr Freizeitspaß haben! Um es mit den Worten von Lech Walesa zu sagen: »Wir haben das Recht, über unsere eigenen Angelegenheiten frei entscheiden zu können und unsere Zukunft frei zu gestalten.«

Ich stimme dem zu! Lieseinbuchler, vereinigt euch zusammen!

Der neue Workshop soll am Freitag beginnen. Uns bleiben noch zwei Tage, Freunde. Es gilt, jetzt oder nie.

***

Ms Domerca las den Artikel, ohne ein Wort zu verlieren. An einigen Stellen nickte sie, aber das war's auch schon.

Als sie fertig war, sagte sie noch immer nichts – ungefähr eine Minute lang.

Schließlich schaute sie mir tief in die Augen. »Vereinigt euch zusammen ist redundant«, sagte sie. »Wenn Menschen sich vereinigen, sind sie laut Definition bereits zusammen.«

»Okay«, nickte ich. »Ist das alles?«

Wieder eine lange Pause. Dann holte sie tief Luft und schüttelte den Kopf.

»Er ist großartig«, sagte sie schließlich. »Er wird morgen erscheinen.«

Liebe Hannah,

die Hälfte vom Camp hab ich schon hinter mir, das ist echt genial!

Mit anderen Worten heißt das aber auch, dass ich noch mal dieselbe Zeit vor mir habe, was ziemlich nervig ist.

Wie läuft denn dein Sommer so? Richte Jake bitte meinen Gruß aus, und dann mach sofort mit ihm Schluss. Ach und sag Zoe, dass sie mir schreiben soll.

Bis bald.

Charlie Joe

23

George Feedleman war echt ein klasse Typ, wenn er nicht diese Angewohnheit hätte, dass er sich jeden Morgen ungefähr zehn Minuten die Haare kämmen musste. Er war auch nicht gerade der bestaussehendste Kerl der Welt, um ehrlich zu sein, doch auf seine Haare war er nun mal echt stolz. Viel zu stolz.

Mittwochmorgen brauchte er sogar noch länger als sonst, und wir anderen waren schon total ungeduldig.

»Alter, du blockierst den Spiegel«, maulte ich. »Du siehst gut aus und nun weg da.«

George beachtete mich gar nicht.

»Mach schon«, fügte ich hinzu.

»Denk mal nach, Charlie Joe«, erwiderte George und betrachtete sich dabei noch immer im Spiegel. »Du warst doch derjenige, der mir groß und breit erklärt hat, dass es im Leben noch mehr gibt, als nur zu lernen. Du hast mir doch gesagt, dass ich mir 'ne Freundin anschaffen und anfangen soll zu leben. Stimmt's? Und nun rate mal, ich lebe.« Er unterstrich seine Rede mit Daumen hoch. »Und wenn es dir nichts ausmacht, dann lebe ich nun mal lieber mit perfekt gestylten Haaren.«

Ich schaute diesen Kerl an, der sein ganzes Leben lang der

Schultrottel war, und konnte es nicht fassen. Jetzt plötzlich benahm er sich, als sei er der größte Macker überhaupt. Nur weil er mit Cathy Ruddy ging – dank mir, nur mal so nebenbei. (Hatte ich schon erwähnt, dass ich es war, der die beiden verkuppelt hat?)

»Ach, nerv nicht«, meckerte ich weiter. »Cathy mag dich sicher nicht nur wegen deiner Haare.«

»Sie mag dich *trotz* deiner Haare«, mischte sich jetzt auch Jack ein, der zum ersten Mal ein T-Shirt ohne Collegenamen trug. Diesmal stand da *Northrup Jugendorchester,* was eigentlich genauso schlimm war.

»Was weißt du schon über Haare?«, fragte Nareem Jack.

»Was weißt du schon über Mädchen?«, fragte Jack zurück.

»Viel mehr als du«, hielt Nareem dagegen.

»Dann bist du wohl jetzt der große Experte?«, sagte Jack.

Nareem beendete das Gespräch, indem er sein Handtuch nach Jack warf.

Jack zögerte nicht lange und schmierte Nareem Zahnpasta auf die Unterhose.

»Hör sofort auf damit!«, brüllte Nareem.

Mit einem Mal schien die Wand zu beben. »Könnt ihr Kindergartenkinder jetzt mal mit dem Scheiß aufhören?«, schrie Dwayne. Ich glaube, das war das erste Mal, dass Dwayne jemand anderes als mich angeschrien hat. Ich war so stolz auf meine Jungs.

Dwayne kam ins Zimmer. Er rief: »Jackson.«

Ich legte mein Lech Walesa-Buch zur Seite, in das ich vor dem Frühstück noch einen kurzen Blick reinwerfen wollte. »Was gibt's?«

»Ich hatte heute Morgen einen Anruf von Dr. Mal, er will dich nach dem Frühstück in seinem Büro sehen.«

»Wieso?«

Dwayne zuckte mit den Schultern. »Keine Ahnung, aber vom großen Chef herbeizitiert zu werden ist nie ein gutes Zeichen.«

Dann kam George herein, der mittlerweile aussah wie einer von Justin Biebers Nerd-Cousins.

»Was ist los, Charlie Joe?«

»Keine Ahnung. Mal will mich sehen.«

George legte seine Haarstylingprodukte zurück in den Koffer.

»Nun, dann kommen wir einfach mit dir mit. Niemand muss hier alleine zu Dr. Mal.«

Kenny Sarcofsky, der sonst nie ein Wort verlor, es sei denn, es ging um die heilende Kraft des Knoblauchs, nickte und erklärte: »Ich komme auch mit.«

Und alle anderen Jungs nickten ebenfalls.

»Wir kommen alle mit«, sagte Nareem.

»Absolut«, erklärte auch Jack.

Ich schüttelte den Kopf. »Nee, lasst mal, ich kriege das schon allein hin.«

Um ehrlich zu sein, ich war nicht sicher, ob ein bisschen Rückendeckung von den Jungs nicht sinnvoll gewesen wäre. (Denn was konnte ich alleine schon ausrichten?)

24

Beim Frühstück sind mir sofort drei Dinge aufgefallen.

Erstens lag auf jedem Teller ein Exemplar des *Bücherbergs*.

Zweitens war es im Speisesaal viel leiser als sonst.

Und drittens kannte ich den Grund für die Stille, jeder las meinen Artikel, der gleich auf der Titelseite abgedruckt war.

George las mit offenem Mund.

Als er fertig war, brachte er nur ein Wort heraus.

»Wow.«

»Wow, was?«, fragte ich ihn.

»Wow, das ist genial.«

»Danke.«

Er schüttelte den Kopf. »Du hast Nerven, Charlie Joe, das muss man schon sagen.«

Ich wollte ihm gerade danken, als ich eine Hand auf meiner Schulter spürte. Ich schaute mich um und sah einen breit grinsenden Dwayne, der ein Exemplar der Zeitung in der Hand hielt.

»Bäm.« Das war alles, was er sagte, dann ging er wieder.

Doch es ging nun erst richtig los. Während des Frühstücks kamen Schüler und Teamleiter auf mich zu und sagten so Sätze wie »Du bist klasse« oder »Du bist verrückt«. Manchmal auch beides.

Katie war die Letzte, die zu mir kam, um mit mir zu reden.

»Ich finde deinen Artikel echt gut«, lobte sie mich.

»Danke.«

»Bis nachher.«

»Bis dann.«

Ich schaute ihr hinterher. Sie ging zurück zu ihrem Tisch und sagte irgendetwas zu Nareem. Dann lachte er, sie grinste, und er legte den Arm um ihre Schultern.

Wirklich wie ein echtes Paar.

***

»Ankündigung!«

Dr. Mal hatte das Podium betreten, seine Shorts waren so kurz wie nie.

»Heute nach dem Mittagessen werden wir uns treffen, um

die Arbeitsmaterialien für unser Übernachtungsabenteuer nächste Woche in Old Bridgetown im Kleinen Gelben Schulhaus vorzubereiten. Für alle Interessenten gibt's in Blockhütte 3 ein Treffen unter Leitung von Dr. Kretzler.«

Ein aufgeregtes Raunen ging durch den Raum. Ich hatte bereits von dem Übernachtungsabenteuer gehört, welches offenbar DAS große Event am letzten Camp-Wochenende werden sollte. Alle sprachen davon, als würde es eines dieser komplett abgefahrenen Erlebnisse werden, doch ich fragte mich, wie abgefahren ein Ausflug zu einer Schule überhaupt sein konnte.

Das klang nämlich genau nach dem Gegenteil.

»Außerdem«, fuhr Dr. Mal fort, »freuen wir uns alle auf den ersten Vormittag mit unserem Extra Workshop, der, wie ihr euch erinnert, in zwei Tagen stattfindet.«

Im Raum wurde es still.

Dr. Mals Blick ging durch den Speisesaal und blieb schließlich an mir hängen. »Das ist etwas, was wir schon seit Langem planen, und ich habe keinen Zweifel, dass der neue Stundenplan gut ankommen wird. Auch diese letzte Veränderung in einer Reihe von wunderbaren Neuerungen wird dazu beitragen, dass das Camp Lieseinbuch das herausragendste akademische Camp von ganz Amerika ist.«

Er machte eine Pause. Alle drehten sich um und schauten mich an, als erwarteten sie von mir, dass ich aufstand und einen Protest anzettelte – doch ich konnte nicht. Einen Artikel zu schreiben ist eine Sache. Sich gegen den Camp-Direktor in Person zu stellen eine andere.

Um das zu bringen, müsste man schon Lech Walesa sein.

25

Dr. Mals Büro war im oberen Stock des Speisesaals. Ich war verflixt nervös, als ich hinter ihm die Treppen hochging, aber ich versuchte, es positiv zu sehen – ich verpasste den Ersten Workshop.

Als wir sein Büro betraten, war ich überrascht, Ms Domerca dort sitzen zu sehen.

»Nimm Platz«, forderte mich Dr. Mal auf und zeigte auf einen Stuhl.

Ich nahm Platz.

Dann setzte auch er sich hin. Er lehnte sich in seinem Sessel zurück und drehte seinen Stift zirka eine Minute lang zwischen den Fingern. Endlich setzte er sich aufrecht hin und starrte mich an.

»Ich liebe Schüler wie dich, Charlie Joe«, begann er. »Wirklich. Ich bewundere deinen Intellekt, deine Neugierde und dein unabhängiges Denken. Das alles ist der erste Schritt, um ein erfülltes Leben zu führen.«

Er machte eine Pause, und ich wartete. Wollen wir uns mal nichts vormachen, aber um meine »Intellektualität« zu loben, was auch immer das ist, hat er mich bestimmt nicht zu sich gerufen.

»Es geht aber um etwas anderes«, fuhr er fort. »Dieses Camp untersteht einem Kuratorium, das auf mehr als dreihundert Jahre kombinierter Erfahrung in Sachen Bildung zurückblickt. Eure Eltern bezahlen uns dafür, sorgfältige und wohlüberlegte Entscheidungen zu treffen, die dem Wohle der Kinder dienen. Hier musst du mir einfach vertrauen. Die Entscheidung, den Stundenplan durch einen neuen Workshop zu erweitern, war keine leichte, und ich würde deine Unterstützung sehr begrüßen.«

Ich wollte Dr. Mal nicht direkt anschauen, also ließ ich meinen Blick über seinen Kopf hinweg an die Wand hinter ihm schweifen, an der ungefähr sechstausend Abschlusszeugnisse von sechstausend Colleges in sechstausend Rahmen hingen.

»Was meinen sie mit ›Unterstützung‹?«, fragte ich.

»Nun«, sagte Dr. Mal, »es wäre toll, wenn du in der Freitagsausgabe vom *Bücherberg* einen Artikel darüber schreiben könntest, dass du gewillt bist, dem Extra Workshop eine Chance zu geben, bevor du dir ein Urteil darüber erlaubst.«

Ich schaute zu Ms Domerca. »Soll ich das wirklich tun?«

»Ms Domerca und ich haben das bereits ausdiskutiert«, sagte Dr. Mal noch bevor sie antworten konnte. Sie senkte den Kopf und schaute auf ihre Füße. Plötzlich tat sie mir leid. Ich nahm an, dass sie echt Ärger bekommen hatte, weil sie für das Basketballspiel die Pizza abgeholt hatte, und außerdem war ich sicher, dass Dr. Mal ihr nicht gerade dankbar dafür war, dass sie meine Kolumne veröffentlicht hatte. Man konnte nicht sagen, dass sie in der Position war, mit ihm über irgendetwas zu diskutieren.

Ich holte tief Luft und schaute Ms D. noch mal an. Sie nickte etwas traurig.

»Okay«, war meine Antwort für Dr. Mal.

Dr. Mal sprang von seinem Sessel auf und schüttelte mir die Hand.

»Gute Neuigkeiten, Charlie Joe. Ich weiß deine Flexibilität zu schätzen. Das ist einfach großartig. Wenn du dich jetzt beeilst, dann kannst du noch den Rest vom Ersten Workshop mitnehmen.«

Wir waren beide schon auf dem Weg zur Tür, als wir bemerkten, dass Ms Domerca auf dem Stuhl sitzen geblieben war.

»Kommen Sie?«, fragte Dr. Mal.

Sie blieb noch eine Sekunde sitzen und schüttelte dann wie in Zeitlupe den Kopf.

»Nein. Irgendetwas fühlt sich hier nicht ganz richtig an.«

Dr. Mal starrte sie an. »Wie bitte?«

Ms Domerca stand auf und starrte dann auf dieselbe Wand, auf die ich auch gestarrt hatte. Die mit all den gerahmten Abschlusszeugnissen. »Malcom, Sie sind ein brillanter Mann«, sagte sie. »Ich bin sicher, dass Ihnen bewusst ist, wie wichtig es ist, unseren Schülern eine gewisse Meinungsfreiheit zuzugestehen. Und wie gefährlich es wäre, zu versuchen, sie gerade in dieser beeinflussbaren Zeit diesbezüglich einzuschränken.«

»Darum geht es nicht«, verteidigte sich Dr. Mal.

»Doch, genau darum geht es«, widersprach Ms Domerca. »Ich schäme mich, dass ich um ein Haar damit einverstanden gewesen wäre. Charlie Joe, du schreibst, worüber du möchtest.

Und ehrlich gesagt finde ich, dass du damit ein klares Argument vorbringst. Ich bin nämlich selbst auch nicht davon überzeugt, dass wir einen weiteren Workshop brauchen.« Sie drehte sich zu Dr. Mal um. »Ich bin der Meinung, dass die Kinder hier im Camp – Kinder, wie Jared Bumpers, der permanent versucht, an die Genialität seines Bruders heranzugelangen, und Jack Strong, der seine gesamte Grundschulzeit damit verbracht hat, der perfekte College-Bewerber zu werden – durchaus etwas mehr Schwimmen, Plantschen, Rennen, Springen oder Spaß im Allgemeinen vertragen könnten.«

Sie ging Richtung Tür. »Wenn die Herren mich jetzt entschuldigen würden, ich bin spät dran. Charlie Joe, wir sehen uns im Dritten Workshop.«

Dann verschwand sie.

Dr. Mal ließ sich langsam wieder in seinen Sessel fallen und starrte ins Leere.

»Äh, ich geh dann mal«, stotterte ich, verließ den Raum und ließ ihn mit einem sehr verwirrten Gesichtsausdruck zurück.

Es kann ja sein, dass Dr. Mal ungefähr sechstausend Diplome hat, aber ich bin sicher, dass er eben eine Lektion verpasst bekommen hat.

Lieber Charlie Joe,

danke für deinen Brief! Ich hoffe, es geht dir gut! Ich weiß, dass man nicht gerade sagen kann, dass du das Camp magst, und es tut mir echt leid für dich. Aber vielleicht ist es ja schon ein wenig besser, wenn dieser Brief ankommt. Und davon abgesehen ist es doch eh bald schon so weit, dass du nach Hause kannst.

Alle freuen sich riesig auf dich, vor allem ich!

Jake und ich haben schon überlegt, ob wir eine Willkommensparty für dich, Katie und Nareem schmeißen sollen. Was hältst du davon?

Apropos Katie und Nareem, ich habe da einen Brief von ihr bekommen, in dem sie behauptet, sie und Nareem hätten was miteinander! Stimmt das echt? Das ist ja so abgefahren!

Ich wette, du freust dich auch für die beiden!

Kann es kaum erwarten, dich wiederzusehen!!

Liebe Grüße

Hannah

26

Am nächsten Tag war ich ziemlich früh im Lesefutter. Lauren war die Einzige, die auch schon da war und an ihrer Story arbeitete.

»Hey, Lauren«, grüßte ich sie. »Wo ist Jared?«

Sie lächelte selbstbewusst. »Er kommt bestimmt gleich. Unsere Story ist heute fällig.«

Typisch. In den paar Tagen, die ich die beiden schon beobachtet hatte, stellte sich für mich ein Muster heraus: Lauren war diejenige, die all die Arbeit machte, und Jared derjenige, der das ganze Lob dafür kassierte.

»Cool«, sagte ich und setzte mich neben sie.

Lauren blickte von ihrem Bildschirm auf. »Dein Artikel gestern war genial«, lobte sie mich. »Wirklich mutig.«

»Wow, danke.«

»Gern geschehen.«

Ich wartete noch kurz, dann fragte ich sie: »Also, magst du Jared? Ich meine, so richtig?«

Ein zweites selbstbewusstes Lächeln folgte. »Ich finde ihn ziemlich cool.«

Dann sah sie mich an, als wartete sie darauf, dass ich ihr jetzt sagte, dass er ein echter Trottel wäre. Doch ich konnte es nicht. Für sie war das bestimmt was total Aufregendes, dass ein Junge sie mochte – vor allem ein älterer – und wieso sollte ich ihr das vermiesen?

»Klasse«, sagte ich. »Du musst total happy sein.«

»Ich schätze schon.« Und dann fügte sie hinzu, als versuchte sie sich selbst zu überzeugen, »er ist echt cool, wenn man ihn erst mal richtig kennt.«

»Super«, freute ich mich und versuchte, es so zu sagen, dass es sich ernst gemeint anhörte.

Die Tür öffnete sich mit einem Knall. »Wenn man vom Teufel spricht«, sagte Lauren, als Jared, Jack und ein Haufen anderer Kinder hereinkamen.

»Lauren und ich haben an unserem Artikel gearbeitet, und es scheint, als würde er wirklich gut werden«, verkündete Jared in den Raum hinein, ohne jemanden persönlich anzusprechen. »Hier Süßer, willst du mal reinschauen?«

Wir guckten uns alle verwirrt an. *Süßer?*

Lauren reichte Jared den Text, an dem sie gerade arbeitete, und er räusperte sich. »Wie ihr vielleicht alle wisst, arbeiten wir an einem Artikel über das Essen im Camp. Bis jetzt haben wir den Chefkoch und zwei Beiköche interviewen können, und die Resultate waren faszinierend.«

Ich war gerade dabei, einen Plan zu entwickeln, wie ich mich um den Rest seiner Geschichte drücken könnte, als sich die Tür der Cafeteria erneut öffnete. Ich drehte mich um, und statt Ms Domerca, wie ich dachte, trat Dr. Singer herein. Dr. Singer war ein ziemlich alter Kerl, der vor Dr. Mal der Camp-Direktor war und der immer noch ein Büro hier hatte.

Soweit ich das beobachten konnte, lief er hauptsächlich auf dem Gelände herum und schaute Leuten über die Schulter während sie ihre Arbeit machten. Manche nannten ihn »Den Atmenden«, denn wenn er so hinter einem stand, dann war dieses Atmen echt ekelhaft, genauso wie der Geruch seines Atems, der immer nach Hustensaft roch.

Aber an sich war er als Typ ganz okay, deswegen waren wir alle ziemlich froh, ihn zu sehen. Vor allem ich, denn sein Auftauchen bedeutete das Ende von Jareds Ausführungen.

»Hey, Dr. Singer«, begrüßte ich ihn. »Falls sie Ms Domerca suchen, die ist noch nicht da.«

»Was ziemlich komisch ist«, fügte Jack hinzu. »Denn sie ist nie zu spät.«

Dr. Singer nahm Platz und holte tief Luft, wobei er beim Ausatmen Hustensaft-Duftwolken durch den Raum schickte. »Nun, das ist der Grund, warum ich hier bin, Kinder.« (Er nannte uns Lieseinbuchler immer »Kinder«.) »Leider kann Ms Domerca nicht länger Teamleiterin der Camp-Zeitung sein. Für den Rest der Zeit werde ich das also übernehmen.«

Wir sahen einander fragend an. Keiner fand Worte. Beziehungsweise alle erwarteten von mir, dass ich welche fand.

Ich erhob mich. »Aber doch nicht wegen meines Artikels gestern und dem Treffen bei Dr. Mal?«

Dr. Singer schüttelte den Kopf. »Sie muss sich momentan um andere Verantwortungsbereiche kümmern und hat deswegen keine Zeit für diesen Kurs. Es tut mir leid, aber mehr weiß ich auch nicht.«

Er nickte Jared zu. »Gehe ich richtig in der Annahme, dass

du aus deinem Artikel gelesen hast, als ich hereinkam? Würdest du gerne damit weitermachen?«

»Klar«, sagte Jared. »Wie ich bereits erzählte, haben wir drei Köche interviewt …«

»Warte kurz«, unterbrach ihn Jack mit leicht nervöser Stimme. »Ms Domerca würde den *Bücherberg* niemals einfach so aufgeben. Sie liebt diese Zeitung, und sie liebt uns. Das macht doch keinen Sinn.«

»Er hat recht«, stimmte Lauren ihm zu. Auch alle anderen nickten.

Jared war der Einzige, dem das alles so ziemlich am Hintern vorbeiging, solange er nur seinen Artikel in der nächsten Ausgabe unterbringen würde.

»Ich kann verstehen, wie ihr euch fühlt«, versuchte Dr. Singer uns zu beruhigen. »Sie ist eine wunderbare Lehrerin, und es schmerzt uns alle, sie zu verlieren. Aber, und das wissen alle Journalisten, die Zeitung steht an erster Stelle. Also lasst uns gemeinsam daran arbeiten, dass die morgige Ausgabe in den Druck kann.«

»Dr. Singer hat recht«, hörte ich mich plötzlich sagen. »Lasst uns zuerst die Zeitung für morgen fertig bekommen. Ich muss nämlich auch einen Artikel abgeben, und Jared und Lauren haben dieses Essens-Ding, und Jack hat seinen Stress-Artikel. Lasst uns erst mal unsere Pflicht erfüllen. Wir haben da ein paar wichtige Sachen zu sagen, und das Camp zählt auf uns. Ms Domerca würde es nicht anders wollen.«

Lauren und ich schauten uns an und nickten dann beide. Jeder schien verstanden zu haben, was ich damit sagen wollte: Der beste Weg, für Ms Domerca zu kämpfen, war über die Zeitung selbst. Dr. Singer klatschte in die Hände. »Das ist es, was ich von euch hören will! Ich bin draußen, falls mich jemand braucht oder Fragen hat.« Er holte ein Buch aus seiner Tasche, ging raus auf die Veranda, ließ sich dort in die Hollywoodschaukel fallen und schlief prompt ein. Wir schauten einander kurz an, dann sagte ich: »An die Arbeit Leute.«

27

Später an diesem Tag, nachdem unser *Bücherberg*-Treffen endlich vorbei war, freute ich mich tierisch auf den Basketballplatz. Allerdings behauptete Dwayne, dass der Platz noch immer zu nass sei vom Regen der vergangenen Nacht, und deshalb wollte er nicht, dass wir spielen.

»Alter!«, bettelte ich. »Komm schon!«

Dwaynes Antwort bestand darin, mir zu sagen, ich solle aufhören, ihn »Alter« zu nennen. Dann fragte er mich, ob ich gerne eingelocht werden möchte wie ein Basketball. Ich sagte nein.

»Keine Sorge, kleiner Mann«, beruhigte er mich. »Ich habe ein viel besseres Spiel geplant.«

Oh, oh. Dwayne hatte ein Talent dafür, die anstrengendsten Spiele vorzuschlagen, die je von einem Menschen erfunden wurden.

»Was für ein Spiel?«, fragte Nareem.

»Das wird genial«, jubelte Dwayne, was so viel bedeutete wie, es wird genau das Gegenteil von genial. »Passt auf, jeder von euch schnappt sich jetzt einen Ball und dribbelt damit runter bis zum Tennisplatz und zurück.«

Ein Raunen ging durch die Menge. Der Tennisplatz befand sich nämlich auf der anderen Seite des Camps.

»Und weil sich in diesem Camp alles ums Lernen dreht«, fuhr Dwayne fort, »möchte ich, dass ihr alle mitzählt, wie oft ihr dribbelt – vorausgesetzt ihr könnt alle so weit zählen.«

Ein noch lauteres Raunen ging durch die Menge.

»Du machst doch Witze, oder?«, meckerte Jack, der heute das unvorteilhafte T-Shirt mit der Aufschrift *Schlau ist das neue Cool* trug. (Was sich soeben als falsch erwies.)

»Wir sind hier in einem Lese- und Schreibcamp«, beschwerte sich Nareem, »nicht in einem Mathecamp.«

»Alles das Gleiche«, wehrte sich Dwayne. Dann schaute er zu mir und lachte. »Wenn ihr alle der Meinung seid, dass das unfair ist, dann könnt ihr euren Charlie Joe ja dazu bringen, einen Artikel darüber zu schreiben.«

»Haha«, sagte ich.

Als wir uns auf die Reise machten, kam Nareem neben mich. »Charlie Joe, noch mal danke für deine Ratschläge bezüglich Katie. Wie du vielleicht schon gehört hast, sind wir jetzt offiziell zusammen, und das ist genial.«

»Nein, wusste ich noch nicht, aber ich freu mich für euch«, antwortete ich. »Zweiundzwanzig, dreiundzwanzig, vierundzwanzig …«

Doch Nareem war noch nicht fertig. »Natürlich wäre ich glücklicher, wenn ihr beide wieder ganz normal befreundet sein könntet.«

Ich zählte weiter.

Jared versuchte uns zu belauschen, wie üblich. »Bist du immer noch sauer auf sie, weil sie dich einen heimlichen Streber genannt hat?«, fragte er mich und kam immer näher. »Ich kapier nicht, warum du es nicht einfach zugibst, Jackson. Sie hat doch recht. Du versuchst doch total so zu sein wie wir alle. Du schreibst mittlerweile sogar für die Camp-Zeitung, was so ziemlich an oberster Stelle vom Camp-Handbuch steht. Schau selbst nach.«

»Ich lese keine Handbücher«, antwortete ich. »Oder irgendwelche anderen Bücher, falls ihr es genau wissen wollt.«

»Jetzt schon«, widersprach Jared.

»Lasst Charlie in Ruhe«, forderte George die anderen auf und war völlig verwirrt, da es seine ganze Konzentration bedurfte, den Ball nicht auf seinen Fuß zu dopsen.

Siebenhundertachtundvierzig Dribbel später kamen wir am Tennisplatz an, wo sich eine große Menschenmenge versammelt hatte.

»Oh, stimmt ja, heute ist das Camp-Turnier!«, rief George. »Das Finale der Mädchen!« Er hatte recht. Plötzlich wurde mir klar, dass Dwayne uns eigentlich eine Pause gönnte, indem er uns hier runterschickte, damit wir uns das Tennisspiel anschauen konnten. (So ist das mit Dwayne: Wenn man seine Ich-mache-euch-fertig-Lebenseinstellung ignorierte, war er ein echt guter Kerl.)

Als wir uns näherten, erkannte ich, wer da gerade spielte: Katie Friedmann und Cathy Ruddy. Oder, wie die beiden auch noch bekannt sind – Nareems Freundin und Georges Freundin.

Um ehrlich zu sein, Katie zu sehen, haute mich jetzt nicht aus den Schuhen. Nicht, dass wir Streit hatten oder so, doch Nareem hatte schon recht: Zwischen uns herrschte eine Art Auszeit. Wir waren nicht wirklich entspannt, wenn wir zusammen waren, und das war einfach eine seltsame Erfahrung für uns.

Seltsame Erfahrung bedeutet mit anderen Worten, dass so etwas zuvor noch nie passiert war.

Das Match war wirklich spannend. Katie und Cathy spielten echt annehmbar, dafür, dass sie so zwei Bücherwürmer waren. Ich versuchte mir nicht anmerken zu lassen, wie spannend ich es fand, doch vergeblich. Schlussendlich entschied Katie das Match für sich. Die Menge schrie und jubelte, als die Mädchen sich umarmten und dann gemeinsam den Platz verließen.

Als sie George und Nareem sahen, kamen sie herübergerannt. Alle vier begrüßten sich zeitgleich mit einem »Hallo!«.

»Was macht ihr hier?«, fragte Katie.

»Genau, habt ihr nicht Basketball?«, fügte Cathy hinzu.

»Dwayne hat uns erlaubt zuzuschauen«, sagte George. »Übrigens habt ihr es echt drauf, ihr seid gut.«

»Wirklich gut«, stimmte Nareem zu.

»Wer's glaubt«, sagte Cathy, »aber danke.«

»Ja, danke«, sagte Katie.

»Gern geschehen«, sagte George.

Und dann grinsten sie sich alle nur noch gegenseitig an.

»Ich unterbreche diese überaus faszinierende Konversation nur sehr ungern«, mischte ich mich ein, »aber wir sollten jetzt gehen.«

Katie schaute mich an. »Charlie Joe, was ist los mit dir?«

Ich zuckte mit den Schultern. »Was?«

Ihre Augen funkelten vor Zorn. »Du kannst wirklich die unglaublichsten Sachen machen – wie deinen Artikel gestern zum Beispiel, der echt mutig war – und doch schaffst du es, dich wie der größte Trottel zu benehmen!«

»Wieso bin ich ein Trottel?«

Katie stand das bloße Entsetzen ins Gesicht geschrieben wegen meiner dämlichen Frage.

»Nun, fangen wir mal damit an, dass alle Lieseinbuchler zum Anfeuern zu eurem Basketballspiel gegen Camp Sackschutz gekommen sind, aber wenn wir unser Tennis-Abschlussturnier haben, dann benimmst du dich, als wärst du lieber woanders.«

»Das stimmt doch gar nicht«, widersprach ich, obwohl sie recht hatte.

Katie schüttelte traurig den Kopf. »Du bist fies zu mir und hast absolut keinen Grund dazu.«

»Du warst doch die Erste, die gemein zu mir war.«

»War ich nicht.«

Nareem hob die Hände. »Könnt ihr zwei bitte mit dem Unsinn aufhören!«, schimpfte er. Katie und ich hörten auf.

Nareem schaute uns an. »Ihr zwei seid schon Zeit eures Lebens die besten Freunde«, sagte er. »Und jetzt benehmt ihr euch wie Kindergartenkinder, und das aus dem dümmsten Grund, den es gibt.«

»Wenn man als Streber beschimpft wird, dann ist das kein dummer Grund«, beharrte ich. »Das ist eine Angelegenheit auf Leben und Tod.«

»Ich habe dich nie einen Streber genannt!«, schrie Katie. »Ich sagte, dass du ein wirklich kluger Kerl bist, der gern dazulernen möchte! Wie kann das so schrecklich sein?«

Ich musste einen Augenblick nachdenken. »Weil du denkst, ich wäre ein Angeber.«

Katies Gesichtsausdruck veränderte sich, als hätte sie eine Ohrfeige bekommen.

»Nie würde ich dich einen Angeber nennen«, sagte sie schließlich.

Wieder mischte sich Nareem ein. »Charlie Joe, denk doch mal nach. Katie ist dein größter Fan. Sie hält dich für superwitzig und schlau, und du bist ihr bester Freund. Wie könnte sie da denken, du seist ein Angeber?«

Darauf hatte ich keine Antwort.

George war als Nächster dran. »Wenn du mich fragst, Charlie Joe, dann denke ich, Katie versucht damit zu sagen, dass du einfach nur gemerkt hast, dass es im Leben noch mehr gibt, als ständig zu versuchen, sich ums Lesen zu drücken. Es gibt so viele interessante Dinge und Menschen auf dieser Welt, über die es sich lohnt, mehr zu erfahren, mehr zu lesen. Könnte das denn nicht sein?«

Eine Sekunde dachte ich darüber nach.

»Nein, nicht wirklich«, schoss ich hervor.

Katie seufzte. »Du bist unglaublich, wirst du denn jemals erwachsen werden?«

Ich lächelte. »Hoffentlich nicht. Hört zu, ich will kein Spielverderber sein, aber wir müssen zurück, oder Dwayne wird uns rückwärts um das restliche Camp dribbeln lassen.«

»Das würde nicht gut enden«, sagte Jack.

Wir machten uns alle auf den Weg, bis auf George und Nareem, die noch eine Weile brauchten, um sich von den Mädchen zu verabschieden. George umarmte Cathy, und Nareem umarmte Katie. Und dann hörten sie damit auch nicht mehr auf.

»Los Leute, kommt schon«, rief ich nach hinten. »Ich meine es ernst.«

Als George und Nareem sich endlich losreißen konnten, starrte mich Katie an und hatte die Hände in die Hüften gestemmt.

»Was?«, sagte ich. »Wenn es nach mir ginge, könntet ihr euch bis Weihnachten in den Armen liegen. Es ist Dwayne, der tierisch sauer wird, nicht ich.«

Katie rollte mit den Augen, genauso wie sie es damals getan hat, als wir sechs Jahre alt waren und ich ihr gesagt habe, dass Bücher einen umbringen könnten.

Dieses Verrollen der Augen brachte mich schon immer zum Lachen. Ich schaute sie an, und für den Bruchteil einer Sekunde wollte ich ihr sagen, dass ich sie für den witzigsten und coolsten Menschen der Welt hielt.

Stattdessen aber sagte ich nur: »Gratulation zu deinem Sieg« und ging weg.

28

Abends, als wir schon das Licht aushaben sollten, war ich überhaupt nicht müde und konnte einfach nicht aufhören, darüber nachzudenken, dass Katie mich »gemein« nannte.

Also borgte ich mir Sams Taschenlampe und las noch ein bisschen in Lech Walesas Biografie.

Nur, weil alle anderen bereits schliefen und weil ich sonst nichts anderes hätte tun können. Und wirklich nur deshalb.

Ich schwöre es.

29

Freitagmorgen, als alle zum Frühstück kamen, fanden sie wie gewöhnlich eine Ausgabe des Bücherberg auf den Tellern.

Allerdings klebte auch ein Zettel auf jeder Ausgabe, und das war keineswegs gewöhnlich.

Von der Bücherberg-*Redaktion:*

Es tut uns leid, euch mitteilen zu müssen, dass dies hier die letzte Ausgabe des Bücherberg *für diesen Sommer sein wird. Beide Themen der kommenden Woche, eingeschlossen der ultimativen Übernachtungsabenteuer-Vorschau, werden entfallen.*

Wir können die Zeitung nicht aufrechterhalten, nachdem unsere Teamleiterin Ms Domerca aus ihrem Amt enthoben wurde, weil sie sich für einen unserer Reporter, Charlie Joe Jackson, der seine Meinung geäußert hat, eingesetzt hat.

Aus diesem Grund treten wir alle mit sofortiger Wirkung von unseren Posten zurück.

Wir hoffen, dass euch die letzte Ausgabe gefällt. Sie

beinhaltet die lang ersehnte Analyse der Frühstücksgewohnheiten von Lieseinbuchlern und wie diese sich auf die Konzentration und Lernbereitschaft auswirken – von Jared Bumpers und Lauren Rubin – sowie ein Artikel über Kinder und Stress von Jack Strong.

Hochachtungsvoll
Eure Bücherberg-*Redaktion*

30

Die Idee für diese Notiz entstand Donnerstagnachmittag, während Dr. Singer auf der Hollywoodschaukel vor sich hin schnarchte. Das meiste davon schrieb Lauren. Jared bestand auf den Zusatz *lang ersehnt*. Dafür, dass wir das einstimmig beschließen konnten, war das nur ein kleines Opfer.

Als Dr. Singer aufwachte, zeigten wir ihm die Ausgabe – ohne die geheime Notiz natürlich – während Becky Esposito die Notiz im Hinterzimmer kopierte. Dr. Singer hatte nicht die geringste Ahnung, was wir im Schilde führten, armer Kerl.

Kurz vorm Frühstück verteilten Jack und ich die Ausgaben mit den Zetteln auf alle Teller. Dr. Mal hatte keine Ahnung, was wir getan hatten, bis er sich an seinen Tisch setzte – dreißig Sekunden bevor die anderen Lieseinbuchler hereinkamen.

Doch, da war es bereits zu spät.

Ich beobachtete ihn beim Lesen. Die kleine Glatze, die aus seinem Haarkranz schimmerte, wurde knallrot und im selben Augenblick drehte er sich um, auf der Suche nach – vermutlich mir. Mich konnte er nicht entdecken, aber Dr. Singer, der gerade dabei war, den Zettel auf seinem Teller zu lesen. Die beiden schauten sich kurz an und verließen dann zusammen den Speisesaal, vermutlich, um zu besprechen, was sie tun sollten.

Das war mein Zeichen zu handeln. Ich lief nach vorne und schnappte mir das Mikrofon. Ich war so nervös wie noch nie zuvor. Doch dann dachte ich an Ms Domerca und daran, wie unfair sie behandelt wurde. Ich holte Luft und fing an zu reden.

»Ankündigung, bitte! Ankündigung!«

Schlagartig wurde es still im Speisesaal.

»Okay, ich weiß, ich bin nicht Dr. Mal«, setzte ich an. »Und ich weiß auch, dass es vor dem Essen ist und nicht danach. Aber ich habe eine sehr wichtige Ankündigung zu machen.«

Im Augenwinkel sah ich, dass Dr. Mal und Dr. Singer schon wieder auf dem Weg zurück zum Speisesaal waren. Ich überschlug, dass mir noch ungefähr vierzehn Sekunden blieben.

»Heute ist der Tag, an dem der erste Extra Workshop stattfinden sollte – doch ich bin der Meinung, das muss nicht sein. Für alle, die keine Lust darauf haben und lieber eine Runde schwimmen wollen, geht nach dem Frühstück einfach runter zum See.«

Die zwei Doktoren waren nur noch etwa sechs Sekunden entfernt. Ich ballte eine Faust und streckte sie nach oben. »Wie Lech Walesa einst sagte, ›Wir sind der festen Überzeugung, dass wir selbst Grund genug sind. Stolz erheben wir unsere Häupter, egal, welchen Preis wir dafür bezahlen müssen.‹«

Dr. Singer riss mir das Mikrofon aus der Hand. Dr. Mal schnappte mich am Arm und brachte mich aus dem Speisesaal.

»Freiheit hat keinen Preis!« Schrie ich zurück zu den Lieseinbuchlern.

Als die Tür hinter mir ins Schloss fiel, konnte ich noch den Applaus hören.

Ich bin sicher, Lech wäre stolz auf mich gewesen.

FREIHEIT HAT KEINEN PREIS!

31

Auf dem Weg zu seinem Büro teilte mir Dr. Mal mit, dass er meine Eltern anrufen würde.

»Ich warne dich, das hier könnte sehr gut darin enden, dass wir uns gezwungen sehen, dich heimzuschicken«, sagte er.

Plötzlich blitzte ein Bild vom Strand vor meinem geistigen Auge auf. Dummerweise gefolgt von einem Bild, wie ich für den Rest des Sommers Hausarrest habe.

»Ich will aber nicht hier weg.«

»Das werden wir sehen.«

Dr. Mal wählte die Nummer meiner Eltern und wartete, während ich betete, dass meine Mom den Hörer abnehmen würde und nicht mein Dad. Es war ein Vormittag unter der Woche, da standen meine Chancen ziemlich gut, obwohl es im Sommer schon auch mal einen Freitag gab, an dem sich mein Dad freinahm.

Nachdem es ein paarmal klingelte, nahm jemand ab. »Mrs Jackson?«, fragte Dr. Mal.

Die Gebete halfen.

»Es tut mir wirklich leid, sie unter diesen Umständen anrufen zu müssen, aber es gibt hier ein kleines Problem«, erzählte ihr Dr. Mal. »Charlie Joe bestand darauf, ein paar Regeln in den ersten Wochen hier im Camp zu brechen. Letzte Woche bestellte er mitten in einem Basketballspiel Pizza, und heute bestärkt er seine Mitschüler darin, einen unserer Workshops sausen zu lassen, um schwimmen zu gehen.« Er machte eine Pause, und es bestand kein Zweifel daran, dass er gerade meiner Mom dabei zuhörte, wie sie ihm beteuerte, wie unangenehm ihr das war. »Nun, nein, da bin ich mir noch nicht ganz sicher. Aber ich denke, es wäre am besten, wenn sie beide erst einmal kurz darüber sprechen würden.«

Dr. Mal streckte mir den Hörer entgegen. Ich starrte ihn an, als wäre er eine Stange Sellerie, nahm ihn dann aber schließlich.

»Hi, Mom.«

Sie legte sofort los. »Wirklich, Charlie Joe? Du schaffst keine drei Wochen im Ferienlager, ohne dich sofort wieder in Schwierigkeiten zu bringen?«

Sie war sauer, frustriert und brüllte. Und jetzt kommt das Krasse daran: Ich freute mich total, ihre Stimme zu hören.

»Mom, es tut mir echt leid, aber ich habe gar nichts so Schlimmes getan. Wir haben nämlich letzte Woche Teddy Spiveros Camp im Basketball geschlagen, und diese Woche habe ich lediglich mein Recht auf Meinungsfreiheit wahrgenommen.«

Meine Mom hielt inne, hörbar geschockt. »Meinungsfreiheit? Was weißt du von Meinungsfreiheit?«

»Lech Walesa, dieser Typ aus Polen, aus dem Buch, das ich gerade lese, ist total verrückt nach Meinungsfreiheit. Und Ms Domerca, unsere Lehrerin, wurde von der Camp-Zeitung abgezogen, weil sie sich für mich eingesetzt hat.«

Sie seufzte. »Gib mir Dr. Malstrom wieder ans Telefon.«

Ich streckte Dr. Mal den Hörer entgegen. »Sie will Sie sprechen.«

Er nahm den Hörer und hörte zu. Eine Sekunde später sagte er, »Nein, es sieht nicht so aus, als wolle er gehen.« Wieder eine Pause. »Ich weiß, das überrascht mich auch.« Und noch eine Pause (Mom hatte offensichtlich einiges zu sagen).

»Ich kann nicht behaupten, dass das schon mal vorgekommen wäre«, sagte Dr. Mal und beantwortete damit offensichtlich eine Frage, die in die Richtung ging, ob er jemals schon mal ein Kind im Camp gehabt hatte, das auch nur annähernd so ein Albtraum war.

»Der Vorstand wird sich heute Abend zusammensetzen und eine Entscheidung treffen«, verkündete Dr. Mal meiner Mom. »Doch eines kann ich ihnen jetzt schon sagen, wir haben nicht viel Spielraum für Kinder mit einem solchen Verhalten.«

Er sah mich an, als könne er es nicht abwarten, mich loszuwerden, und so dachte ich darüber nach, wie es wohl wäre, wenn ich für den Rest der Ferien Hausarrest haben würde.

Es klopfte an der Tür. Dr. Mal hielt die Hand über den Hörer. »Wer ist da?«

»Marge.« Marge Shockey war die Leiterin des Wassersports. Sie war großgewachsen mit vielen Sommersprossen, und ihre verschrumpelte, einer Trockenpflaume ähnelnde Haut sah irgendwie immer so aus, als hätte sie die letzten sieben Stunden in der Badewanne verbracht.

»Was gibt es, Marge?«, rief Dr. Mal.

Mrs Shockey trat ein und sah nervös aus. Ich nahm an, sie hat noch nicht viel Zeit in Dr. Mals Büro verbracht. Genau genommen war ich schon öfter hier als sie, was das anging.

»Entschuldigen Sie bitte die Störung, aber ich dachte, Sie sollten wissen, dass irgendetwas da unten am See vor sich geht.«

»Verdammt«, fluchte Dr. Mal und brach damit sein selbst aufgestelltes Fluchverbot. Er kehrte ans Telefon zurück. »Mrs Jackson, wir werden Sie in Kürze zurückrufen müssen.« Dann wandte er sich wieder an Mrs Shockey. »Was wollen Sie damit sagen?«

»Immer mehr Kinder tauchen auf und fragen, ob sie schwimmen dürfen.«

Dr. Mals Glatze leuchtete röter als eine Tomate. »Welche Kinder genau?«

Mrs Shockey schluckte bevor sie fähig war, es hervorzukrächzen. »Nun«, begann sie, »so ziemlich das ganze Camp.«

32

Dr. Mal, Mrs Shockey und ich rannten runter zum Ufer, und tatsächlich hingen die Kinder in ihren Badesachen lachend und herumalbernd am Steg herum und waren definitiv nicht auf dem Weg zum Extra Workshop.

(Selbst Ms Domerca war da und unterhielt sich mit den Leuten vom *Bücherberg*. Sie trug einen lila-pink-orangefarbenen Badeanzug mit kleinen Peace-Symbolen und Blümchen drauf – der perfekte Schwimmdress für sie.)

Ich konnte es nicht fassen, dass alle hier aufgetaucht waren. Es war, wie Lech Walesa sagte. *Wir haben das Recht, unsere eigenen Angelegenheiten in die Hand zu nehmen und dadurch unsere Zukunft selbst zu gestalten … und derjenige, der seine Hand ausstreckt, um das Rad der Geschichte anhalten zu wollen, wird sich seine Finger verletzen.*

Dwayne kam auf Dr. Mal zu. »Chef, ich konnte sie nicht aufhalten. Zuerst waren es nur ein paar Kinder, denen konnte ich noch sagen, dass sie umdrehen sollen. Aber dann kamen auf einmal alle, und ich konnte nichts mehr dagegen tun.«

»Danke, Dwayne«, seufzte Dr. Mal. »Ab hier werde ich übernehmen.«

Dr. Mal hob die Hände, und alle verstummten. Lieseinbuchler waren wohl nur bis zu einem bestimmten Punkt Revolutionäre.

»Würde mir jemand erklären, warum sich alle hier unten am See befinden, anstatt wie vorgesehen bei der ersten Stunde des Extra Workshops?«, fragte Dr. Mal.

Niemand rührte sich. Einige schauten mich an, in der Hoffnung, ich würde es erklären. Doch ich war ja bis gerade in Dr. Mals Büro gewesen und musste dort mit meiner Mutter reden, und ehrlich gesagt war mir nicht wirklich nach reden zumute.

»Wenn niemand was zu sagen hat«, fuhr Dr. Mal fort, »wäre ich dankbar, wenn ihr alle in eure Hütten zurückgehen würdet, euch umzieht und dann beim Workshop einfindet. Genug mit dem Quatsch hier. Wir sind ohnehin schon zwanzig Minuten hinter dem Stundenplan.«

Die Menge setzte sich in Bewegung, unsicher, was sie jetzt tun sollte, entfernte sich dann aber langsam vom See. Ich sah mich um und fragte mich, ob das nun das Ende der Aktion sein sollte.

Die kürzeste Revolution seit Menschengedenken. Zehn Minuten.

Am liebsten hätte ich gebrüllt: »Stopp! Schwimmt! Hört nicht auf ihn!« – was eigentlich ein genialer Protestruf gewesen wäre, jetzt, da ich drüber nachdenke –, doch ich konnte es einfach nicht. Es stellte sich heraus, dass ich nicht ganz so mutig war wie Lech Walesa. Bestimmt, weil mir der Schnurrbart fehlte.

Doch dann meldete sich jemand zu Wort. »Ich würde gerne was sagen.«

Es war Katie.

Alle blieben stehen, als sie den Kai betrat. Sie trug übrigens keinen Badeanzug. Nur Shorts und ein Tanktop. Katie hatte es noch nie so mit Schwimmen.

»Dr. Mal«, begann sie, »dieses Camp ist genial, und Sie sind ein fantastischer Direktor. Ich liebe es, hier zu sein, und kann es kaum erwarten, nächstes Jahr wieder herzukommen und vielleicht sogar mal Gruppenleiterin zu werden.«

Er schaute sie an und lächelte ein klein wenig. »Danke, Katie.«

»Aber«, fügte sie hinzu, »ich glaube, in diesem Punkt handeln Sie nicht ganz fair.«

Jetzt lächelte Dr. Mal nicht mehr. »Charlie Joes Art und Weise ist ohne Zweifel wirklich unangemessen, aber ich muss gestehen, er hat recht«, fuhr sie fort. »Wir arbeiten hier wirklich hart, allesamt. Aber dieses Camp besteht doch nicht nur aus Arbeit, sondern auch aus Spiel und Spaß. Und was es so toll macht, ist, dass es genau das richtige Maß an Arbeit und Spaß hat.«

»Sie hat recht«, stimmte Jack zu und starrte nervös auf den Sand. »Eigentlich finden wir es okay, so wie es ist. Man kann ja nicht mehr als lernen.«

Ich konnte es nicht fassen. Der engagierteste Schüler im ganzen Camp setzte sich für mich ein! Ich betete, dass sein Dad niemals herausfinden würde, was er hier gerade abzog.

Andere Kinder murmelten in Zustimmung. Vielleicht war die Revolution doch noch nicht ganz vorbei.

»Aber Dr. Mal hat auch in einem Punkt recht«, setzte Katie nach und schaute mich dabei an. »Wir sind hier, um zu lernen, weil wir es lieben zu lernen. Und wir sollten jede Möglichkeit dazu nutzen, da wir nur drei Wochen Zeit haben.«

»Das stimmt auch wieder«, nuschelte es aus der Menge. Kurz darauf unterhielten sich alle über die Vor- und Nachteile eines Extra Workshops.

Dr. Mal wusste nicht genau, was er tun sollte. Er war es gewohnt, den Diktator zu spielen. Aber gegen Katie, die von allen respektiert wurde und die ihm gerade gesagt hatte, wie toll das Camp war, hatte er keine Chance. Schließlich fragte er: »Also Katie, was würdest du denn vorschlagen?«

»Nun«, sagte sie, »zufälligerweise haben einige von uns sich bereits Gedanken darüber gemacht und sind auf eine Idee gekommen.« Sie nickte in Nareems Richtung, der sich daraufhin räusperte.

»Wie wäre es, wenn wir heute Freies Schwimmen haben?« Er zuckte mit den Schultern. »Und nächste Woche gehen wir am Montag, Mittwoch und Freitag zum Extra Workshop und Dienstag und Donnerstag zum Freien Schwimmen.«

Dr. Mal zögerte und sah sich ratsuchend um, fand jedoch keinen. »Das werde ich mit dem Vorstand besprechen müssen.«

Dann trat George, der zwar etwas ängstlich, aber entschlossen aussah, vor die Menge.

»Mit Verlaub, Sir, ich glaube nicht, dass wir auf die Entscheidung des Vorstandes warten möchten. Wir, die Lieseinbuchler, sind der Meinung, dass es sich um einen fairen Kompromiss handelt. Wir möchten mit Respekt behandelt werden und würden uns freuen, wenn Sie unseren Vorschlag annehmen würden.«

Er blinzelte rüber zu Cathy und erhoffte sich ihre Unterstützung. Sie nickte. »Andernfalls«, fuhr er fort, »werden wir überhaupt nicht zum Extra Workshop auftauchen.«

George trat zurück, und alle klatschten ihm auf die Schultern. Ich war fassungslos. Meine Strebercamp-Kumpels – noch vor zwei Wochen glaubte ich, sie wären hoffnungslos schwachköpfige Trottel ohne jeden Funken von Witz, und nun setzten sie sich für mich ein.

Ich war stolz darauf, dass ich sie meine Freunde nennen durfte.

Dr. Mal zog sein Handy aus der Tasche und machte einen Anruf, der zirka dreizehn Sekunden dauerte. Dann steckte er es wieder ein, schaute in den Himmel und schließlich zu Katie.

»Abgemacht«.

Die Menge brach in Jubel aus, der so laut war, dass er sogar die Enten vom See verscheuchte.

Doch wenn Dr. Mal glaubte, dass das alle Abmachungen für heute waren, dann hatte er sich getäuscht. Lauren war die Nächste, die auf ihn zukam. »Dr. Mal«, begann sie, »wir wollen Ms Domerca wieder als Gruppenleiterin für unseren *Bücherberg.*«

»Ich bin froh, dass du es ansprichst«, bedankte sich Dr. Mal bei Lauren. Dann ging er zu Ms Domerca. »Ich bin sicher, dass wir uns einig werden. Ich bedaure diesen kleinen Zwischenfall sehr. Sie sollten sich stets frei fühlen, Ihre Meinung zu äußern, ohne Angst vor einer Strafe haben zu müssen.«

»Das weiß ich sehr zu schätzen, Malcolm«, sagte Ms D. und zwinkerte mir zu.

Wow, dachte ich mir. Das sah alles ganz nach einem Happy End aus!

»Und du, Charlie Joe, wirst auch lernen müssen, Kompromisse einzugehen«, richtete Katie das Wort an mich.

Wieso müssen Happy Ends immer einen Haken haben?

»Was meinst du mit Kompromissen?«

Katie legte den Arm um meine Schulter. »Denk doch mal drüber nach, woher du deine Ideen hast, Charlie Joe. Wie du überhaupt auf dieses ganze Streik-Ding gekommen bist. Wie du von dem Held erfahren hast, dem du versuchst zu ähneln. Und dein Einfall für die inspirierende Rede heute Morgen beim Frühstück. Woher glaubst du, kommt das alles?«

Ich schüttelte ihren Arm von meiner Schulter. »Was soll das für ein Kompromiss sein?«

Sie grinste. »Du musst es laut vor dem gesamten Camp aussprechen, dass Lesen nicht die schrecklichste, entsetzlichste Sache der ganzen Welt ist.«

»WAS?«

»Und dass Bücher eigentlich ziemlich wunderbar und wertvoll sein können.«

Plötzlich waren alle Augen auf mich gerichtet. Ich erstarrte. Ich glaube, für mich wäre es einfacher gewesen, beim Abendessen nackt durch den Speisesaal zu rennen. Sie boxte mir den Ellenbogen in die Rippen. »Komm schon, Charlie Joe, sag es.«

»Ja, sag es«, rief Jack.

»Sag's einfach«, fügte auch Lauren hinzu.

»Eigentlich würde ich es auch gerne hören«, stimmte Ms Domerca ein.

Während ich darüber nachdachte, wie ich da rauskommen könnte, kam Dr. Mal auf mich zu. »Charlie Joe, ich kann mich noch sehr gut an deinen ersten Tag hier im Camp erinnern«, sagte er. »Stolz hast du dich damit gebrüstet, dass du niemals im Leben ein ganzes Buch vom Anfang bis zum Ende lesen würdest. Und wenn ich mich nicht täusche, dann ist der Grund, warum wir alle hier unten am See sind und nicht im Extra Workshop, der, dass du kürzlich erst ein Buch über Lech Walesa gelesen hast.« Er stand über mir, sein großer Kopf mit der Glatze warf einen Schatten über mich, genau wie an jenem ersten Tag beim Willkommenskreis. »Deswegen bin ich sicher, dass dir das dabei hilft, zu begreifen, dass Bücher wertvoll und wichtig sind.«

Ich überlegte kurz. Katie würde mich nicht in Ruhe lassen, bevor ich ihr nicht einen kleinen Sieg gönnte. Und was Dr. Mal angeht, dafür, dass er Lesen und Lernen so sehr liebt, ist er eigentlich doch kein so schlechter Kerl. Außerdem hatte er einen echt harten Tag.

Ich überlegte mir, beiden einfach mal eine kleine Verschnaufpause zu lassen, nur diese eine.

»Okay, überredet«, sagte ich so nachgiebig und sanft, wie es für eine menschliche Stimme überhaupt möglich war.

»Lesen ist nicht die schrecklichste, entsetzlichste Sache der ganzen Welt.«

»Weiter«, forderte mich Katie auf. »Diesmal etwas lauter bitte.«

Ich suchte nach einem Loch, in das ich mich verkriechen konnte, fand aber keines, also holte ich tief Luft und schloss die Augen.

»Und manchmal können Bücher echt wunderbar und wertvoll sein«, sagte ich.

Alle um mich herum keuchten erst abwertend, dann brüllten sie los und freuten sich. Selbst Dr. Mal.

Jemand schrie: »Charlie Joe hat ein Buch gelesen!« Kurz darauf sang das ganze Camp: »Hey, hey, ho, ho! Ein Buch wurde gelesen von Charlie Joe!«

Ich war allerdings noch nicht fertig. Denn eigentlich wollte ich hinzufügen, dass man noch lange kein Streber ist, nur weil man ein einziges Buch gelesen hat. Aber ich beschloss, es auf sich beruhen zu lassen. Katie hat mich gerettet. Das Mindeste, was ich für sie tun konnte, war, sie glauben zu lassen, dass sie recht hatte und dass ich mittlerweile total auf Bücher abfuhr. Später würde mir noch genügend Zeit bleiben, alles richtigzustellen – wie zum Beispiel die Tatsache, dass ich für den Rest der Ferien keinen einzigen Buchstaben mehr lesen würde. Nicht mal in einer Speisekarte.

Ich ging rüber zu ihr.

»Danke«, sagte ich.

Wir umarmten uns.

»Nicht dafür«, fügte ich hinzu und duckte mich rechtzeitig, damit ich mir keine fing.

Schließlich sprangen alle Kinder ins Wasser und genossen das hart erkämpfte Freie Schwimmen, als Dr. Mal und Ms Domerca auf mich zukamen.

Dr. Mal sprach als Erster. »Charlie Joe, wir werden aus dir einen waschechten Lieseinbuchler machen. Selbst wenn es das Letzte ist, was ich tun werde. Was gut sein kann. Und jetzt werde ich deine Mutter anrufen, um ihr zu sagen, dass du hierbleiben wirst.« Dann machte er sich auf den Weg und lief kopfschüttelnd den Berg hoch.

Ms Domerca sah ihm hinterher und legte den Arm um mich.

»Oh, Charlie Joe«, sagte sie.

»Oh, Ms Domerca.« Gespannt erwartete ich eine Dankesrede, weil ich sie wieder zurückgeholt hatte, und Gratulationen für mein heldenhaftes Verhalten. Doch stattdessen sah sie mir einfach nur tief in die Augen.

»Die nächste Ausgabe des *Bücherberg* kommt am Mittwoch raus«, verkündete sie. »Irgendwelche Ideen?«

Dritte Woche

DAS KLEINE GELBE SCHULHAUS

33

Piks. Piks.

»Charlie Joe.«

Piks. Piks.

»Ich muss dir was sagen.«

Piks. Piks.

»Ich bin so weit. Ich will lernen, wie man ein Mädchen küsst.«

Ich lag auf meiner Pritsche, mit dem Gesicht zur Wand, und überlegte, ob ich glücklich oder traurig sein sollte, dass die letzte Woche im Camp vor mir lag. Das Leben kann ja manchmal so verwirrend sein. Vor allem, wenn dich ständig jemand in den Rücken pikst.

Piks. Piks.

»Komm schon, Charlie Joe, du bist der Einzige hier, der weiß, wie man küsst. Du musst mir das beibringen!«

Ich drehte mich um und sah George, wie er mich mit vor Schweiß beschlagenen Brillengläsern anstarrte.

Ich drehte mich wieder zur Wand. »Nicht jetzt, George.«

Jack blickte von einem seiner College-Prüfungsvorbereitungsbücher auf, das er zum Spaß las. »Komm, hilf dem Kerl, Charlie Joe. Und wenn es nur für uns andere ist, damit wir sein Gejammer nicht länger anhören müssen.«

Ich stöhnte und stand auf. Ich hatte keinen Bock, übers Küssen zu sprechen. Küssen erinnerte mich immer an die zwei Mädchen, die ich mal geküsst hatte: Hannah Spivero, die perfekteste Kreatur auf Gottes Erdboden, die jetzt mit Jake Katz ging, und Zoe Alvarez, die perfekteste Kreatur auf Gottes Erdboden, die sich seit eineinhalb Wochen nicht bei mir gemeldet hatte.

»Ich bin nicht wirklich in Kuss-Laune«, erklärte ich George.

George sah verwirrt aus. »Ich hatte auch eigentlich nicht verlangt, dass du mich küssen sollst.«

»Das ist mir schon klar«, sagte ich schnell. »Also, was willst du dann?«

George nahm seine Brille ab und säuberte sie, das tat er immer, wenn er nervös war.

»Hör zu, mit Cathy läuft es echt gut, und ich bin mir ziemlich sicher, dass sie mich mag.«

»Wow«, schnaubte ich. »Du bist ja echt ein Einstein.« (Ich weiß, das klingt gemein, aber er kann das wegstecken, da er genau genommen ein Einstein ist.)

»Charlie Joe, du verstehst das nicht«, sagte George. »Noch nie zuvor war ein Mädchen in mich verliebt. Es hat eine Weile gedauert, bis ich mich an das Gefühl gewöhnt habe.«

Er hatte recht, ich verstand es wirklich nicht. Das schönste Mädchen der Schule war ungefähr fünf Jahre am Stück in mich verliebt. Zu blöd, dass das nicht auf Gegenseitigkeit beruhte.

»Ich weiß noch immer nicht, wie genau ich dir helfen kann«, erklärte ich ihm. »Es nicht gerade so, als hätte ich schon tausend Mädchen geküsst.« Neunhundertachtundneunzig weniger, um genau zu sein, aber das musste er nicht wissen.

»Pass auf, es geht um Folgendes«, begann George. »Freitag ist das Übernachtungsabenteuer. Ich dachte, das wäre die perfekte Möglichkeit, zum Zug zu kommen. Du weißt schon, bevor die Camp-Ferien rum sind.«

Übernachtungsabenteuer, um euch auf die Sprünge zu helfen, war keine Spaßunternehmung zu einem Freizeitpark oder zum Strand. Klar, das würde ein normales Feriencamp an so einem Tag machen, aber seit wann waren wir ein normales Camp? Nein, wir gingen nach Old Bridgetown, das war eine dieser nachgebauten Städte, die aussah wie eine echte alte Stadt aus früheren Zeiten. Aber das war nicht alles, die meiste Zeit würden wir im Kleinen Gelben Schulhaus verbringen, das eine der ältesten Schulen im Land sein soll. Wahnsinn, oder? Aber wartet, es gab noch mehr. Wir würden draußen zelten, was eigentlich echt cool war, aber anstatt uns Geistergeschichten zu erzählen und Marshmallows zu rösten, sollten wir ein Lagerfeuer machen, an dem uns Dr. Mal eine Rede über das Schulhaus hielt, weil wir DARÜBER AM NÄCHSTEN TAG EINEN TEST SCHREIBEN WÜRDEN.

Ich weiß, ich konnte es auch nicht glauben. Was für eine tolle Überraschung.

Wie dem auch sei, zurück zu George, der nicht im Traum daran dachte aufzugeben. »Also, wie macht man den ersten Schritt?«, wollte er wissen. »Was ist der erste Schritt des Küssprozesses.«

Nur ein Lieseinbuchler würde nach dem »ersten Schritt des Küssprozesses« fragen.

»Okay, pass auf«, sagte ich. »Ich gebe dir nur ein einziges Wort als Ratschlag, mehr nicht.«

Plötzlich hatten sich alle Jungs um mein Bett versammelt und hörten gespannt zu. Offenbar war ich nicht nur der beste Basketballspieler hier im Camp, sondern auch der beste Küsser. Mit anderen Worten, ich war vermutlich der einzige Küsser.

Ich hielt noch einen Moment inne, damit sich die Spannung aufbauen konnte.

»Nun sag schon, was ist es?«, fragte George ungeduldig.

»Ja, was ist das Wort?«, wollte auch Jack wissen. »Zunge?«

Wir starrten ihn alle an.

»Was glotzt ihr so?«, fragte Jack. »Zufällig habe ich gehört, dass die Zunge eine sehr wichtige Rolle beim Küssen spielt.«

»Igitt«, sagte Jeremy und sprach damit so ziemlich für die ganze Mannschaft.

Ich setzte mich aufrecht hin und machte mich bereit, mein Wort der Weisheit zu verkünden. Alle beugten sich vor. Dann wartete ich noch eine Sekunde, nur um sie ein bisschen mehr zu quälen.

Schließlich verkündete ich: »Kaugummi«.

Alle lehnten sich zurück. George kratzte sich am Kopf.

»Kaugummi?«

»Genau, Kaugummi«, sagte ich. »Wisst ihr, das Verrückte am Küssen ist nämlich Folgendes: Bevor man es zum ersten Mal tut, denkt man an so vieles, und wenn es dann endlich so weit ist, könnt ihr euch an nichts mehr erinnern. Euer Hirn ist plötzlich komplett leer. Wenn ich euch jetzt also Tipps gebe, wie ›legt eure Hand um ihren Nacken‹ oder so, dann würdet ihr es vergessen und erst wieder dran denken, wenn es schon viel zu spät wäre, und wenn ihr es dann tut, dann würdet ihr euch echt lächerlich machen.«

Alle dachten einen Moment darüber nach.

»Aber an Kaugummi kann man sich immer erinnern«, fuhr ich fort. »Und darum ist Kaugummi der Schlüssel zum Küssen. Weil schlechter Atem einfach ein No-Go ist. Und jeder stinkt aus dem Mund, wenn er nervös ist. Eure Kehle beginnt zu kribbeln, und der Mund wird trocken, dann wird der Atem echt widerlich und das innerhalb von Sekunden.«

George nickte, als hätte ich gerade den Beweis für die Relativitätstheorie erbracht.

»Kaugummi«, wiederholte er, um es in diesem unfassbar großen Gehirn zu verfestigen.

»Aber nicht einfach nur irgendein Kaugummi«, stellte ich klar. »Es muss ein Kaugummi sein, mit dem man Blasen machen kann, und denkt daran, ihr auch eins abzugeben.«

George blinzelte über seine Brille. »Wieso denn das?«

»Weil es einfach heiß ist, einem Mädchen zuzuschauen, wie sie Kaugummiblasen macht«, sagte ich.

Alle lachten sich kaputt. »Blasen sind heiß!«, sagte Jack und schmiss sich weg vor Lachen. »Das ist das Verrückteste, was ich je gehört habe!«

Plötzlich meldete sich Nareem zu Wort, der als Einziger nicht die ganze Zeit an meinen Lippen hing. »Er hat recht, Blasen machen ist extrem heiß!«

Ich stellte mir vor, wie Nareem eine Blase machte. Dann stellte ich mir vor, wie Katie eine Blase machte. Dann stellte ich mir vor, wie Katie Nareem küsste. Dann beschloss ich, dass ich keine Lust mehr hatte, übers Küssen nachzudenken.

»Können wir jetzt über was anderes reden?«, fragte ich, fand aber kein Gehör, weil alle viel zu beschäftigt damit waren, übers Küssen und Blasen machen zu lachen.

34

Als die letzte Woche im Camp anbrach, passierten drei interessante Dinge.

1) Der Kompromiss Freies Schwimmen/Extra Workshop kam sehr gut an, und mit der Zeit benahm sich auch Dr. Mal mir gegenüber wieder nett.
2) Ich habe ein ziemlich cooles Buch über die griechische Mythologie gelesen, aber ich habe es jedes Mal versteckt, wenn Katie in der Nähe war.
3) George kaute eine Menge Kaugummi.

35

Am Tag vor dem Übernachtungsabenteuer gab es noch eine weitere Veränderung in der Camp-Tradition: das Basketballspiel Lieseinbuchler gegen die Mitarbeiter.

Dwayne rief mich vor dem Spiel zu sich. »Ich habe Jared zum Captain dieses Spiels ernannt.« Ich verzog mein Gesicht. »Hör zu, ich verstehe schon«, sagte er. »Aber er ist älter, und es ist sein letztes Jahr hier im Camp. Es ist nur fair.«

»Von mir aus.«

Jareds erste Amtshandlung als Kapitän war, mich zu nerven. »Komm runter von der Bank und unterstütz uns«, sagte er. Ich sah Dwayne an, der sich kaputtlachte. »Alles fürs Team«.

Als das Spiel begann, war George völlig aufgedreht. Ich glaube, diese Unmengen an Kaugummi verliehen ihm Superkräfte. Das und die Tatsache, dass bis auf Dwayne die ganze Belegschaft genauso unsportlich war wie die Lieseinbuchler, brachte uns auf die Siegerstraße. Als ich zum zweiten Viertel ins Spiel gerufen wurde, lagen wir schon 14:8 vorn, und George hatte zehn Punkte gemacht.

Ich deckte Ms Domerca. Sie hatte noch nie wirklich Basketball gespielt, folglich hatte ich nicht viel zu tun. Aber was ihr an Übung fehlte, machte sie mit dummen Sprüchen wieder wett.

»Hey, Jackson, pass gut auf und lerne.«

»Charlie Joe, bist du sicher, dass du auf dasselbe Spielfeld gehörst wie ich?«

»Mach dich bereit für ein bisschen Nachhilfe, du Anfänger.«

Noch bis zur Mitte des dritten Viertels schnatterte sie so vor sich hin, als ich um sie herumlief und einen rückwärts gedrehten Korbleger machte. Augenblicklich klatschte sie mich ab. Doch dann erinnerten sie ihre Mitspieler daran, dass ich ja zum gegnerischen Team gehörte, sie schlug sich gegen die Stirn und sagte: »Ups! Ich kann nicht glauben, dass mir das passiert ist! Charlie Joe, ich nehme das Abklatschen sofort zurück.« Dann zwinkerte sie mir zu und flüsterte: »Nicht wirklich.«

Hab ich schon erwähnt, dass Ms Domerca total cool war?

Im letzten Viertel wurde Jared dann noch nerviger. Er wollte Lauren beeindrucken, indem er versuchte, von jeder Position auf dem Platz in den Korb zu werfen. Aber er blieb ohne einen einzigen Treffer. Dafür feuerte Lauren ihn jedes Mal besonders heftig an, wenn er es schaffte, mit dem Ball mal nicht aus dem Spielfeld zu dribbeln. Die Entwicklung ihrer Beziehung war eins der großen Mysterien des Camps Lieseinbuch. Wie konnte Jared, der sich für den coolsten Typ überhaupt hielt, auf Lauren stehen, das ruhigste Mädchen hier im Camp? Und wie konnte Lauren, ein so wunderbarer Mensch, jemanden wie Jared mögen, der so gar nicht wunderbar war? Und wenn wir schon dabei sind, wie kann es sein, dass eine so schräge Intelligenzbestie wie George plötzlich an nichts anderes mehr denkt als ans Küssen, Kaugummikauen, Blasenmachen und Körbewerfen wie ein Supersportler?

Ich schätze, die Antwort war ganz einfach.

Der Aufenthalt im Camp macht seltsame Dinge mit den Menschen.

Es waren nur noch zwei Minuten bis zum Spielende, und wir lagen mit 30:26 vorne (ich weiß, das war nicht gerade ein Punktekampf). Plötzlich fuhr ein Auto aufs Spielfeld zu, genau wie beim Spiel gegen das Camp Sackschutz.

Diesmal stieg Dr. Mal aus.

»Pizza!«, brüllte er.

»Pizza!«, schrien die Lieseinbuchler zurück.

Dr. Mal, Dr. Singer und Ms Domerca verteilten Pizzastücke mit Peperoni oder Ananas und Apfelsaftflaschen an alle. Als Dr. Mal mir mein Stück hinhielt, sagte er: »Kein Basketball ohne eine Pizzaparty, stimmt's, Charlie Joe?«

Wahrscheinlich war das Dr. Mals erster lustiger Witz des ganzen Sommers.

Es interessierte niemanden, dass wir das Spiel nicht richtig beendeten. Wir liefen alle vom Platz, und Ms Domerca kam auf mich zu. »Revanche nächsten Sommer, und dein Hintern wird mir gehören.«

»Das werden wir ja sehen.« Ich lachte.

Und in dem Moment fiel mir auf, dass irgendetwas anders war.

Hatte ich eben wirklich davon gesprochen, dass ich möglicherweise nächsten Sommer wieder hier sein würde, und das ohne am Ende des Satzes zu sagen: »Nur über meine Leiche«?

So ein Camp-Aufenthalt macht in der Tat seltsame Dinge mit den Menschen.

36

Freitagmorgen vor dem Frühstück. Dr. Mal betrat das Podium und stellte sich vors Mikrofon. »Ankündigung! Eine Ankündigung bitte.«

Überrascht schauten wir hoch. Normalerweise verkündete er seine Neuigkeiten stets nach dem Essen. War was Besonderes? Wurde das Übernachtungsabenteuer abgeblasen?

So viel Glück hatten wir nicht.

»Direkt nach dem Frühstück werden alle zu ihren Blockhütten gehen, um zu packen, und dann treffen wir uns um Punkt acht Uhr an den Bussen. Wir werden ungefähr zwei Stunden brauchen, bis wir da sind.« Dr. Mal zeigte auf Dwayne. »Dwayne, der aufsichtshabende Teamleiter für diese Exkursion, hat eine Kopie des Zeitplans auf jeden Tisch gelegt.«

Ich warf einen Blick auf das Blatt. Es sah nicht gut aus.

Dr. Mal gab uns eine Minute, damit der Zeitplan sacken konnte, und fügte dann hinzu: »Morgen früh werden wir um acht Uhr zum Kleinen Gelben Schulhaus zurückkehren, denn es steht der zweistündige Letzte Workshop auf dem Programm, bevor wir uns dann auf den Weg hierher ins Camp machen.«

Er saß bereits wieder auf seinem Platz, bevor irgendjemand eine Frage stellen konnte, wie zum Beispiel die, warum nur

ZEITPLAN FÜR DAS ÜBERNACHTUNGSABENTEUER	
10:00 Uhr (Ankunft)	*Zelte aufbauen*
11:00 Uhr	*Zwischenmahlzeit*
11:45 Uhr	*Zurück in die Busse*
12:00 Uhr	*Ankunft Old Bridgetown*
12:15 Uhr	*Rundgang im Dorf*
13:00 Uhr	*Mittagessen*
14:00-16:00 Uhr	*Workshop im Kleinen Gelben Schulhaus*
16:15 Uhr	*Besuch der Alten Karamellfabrik*
16:30 Uhr	*Busse*
17:00 Uhr	*Ruhezeit in den Zelten*
18:00 Uhr	*Abendessen*
19:00 Uhr	*Lagerfeuer*
21:00 Uhr	*Lichter aus*

fünfzehn Minuten für den Besuch der Alten Karamellfabrik eingeplant sind? Oder wieso die sich die Mühe machen, es den »Letzten Workshop« zu nennen, wenn doch alle wissen, dass es sich um einen zweistündigen Test handelt, der genauso nervig ist wie die in der Schule, nur dass er noch länger ist?

»Übernachtungsfolter würde es eher treffen«, murmelte ich. »Ich glaub's einfach nicht.«

George sah mich an und lachte. »Denk immer daran, was Lech Walesa einst gesagt hat über den Umgang mit Misslichkeiten.«

»Was denn?«

»Ich glaube, der genaue Wortlaut war«, sagte George, »dumm gelaufen.«

37

Auf der Busfahrt nach Old Bridgetown sangen wir Arien. Ihr wisst nicht, was eine Arie ist? Ich auch nicht.

Es stellte sich heraus, dass es Lieder aus Opern sind, die nicht mal auf Englisch waren. Aber Ms Domerca LIEBT sie. Deshalb mussten wir was aus einer Oper singen, die »La Bohème« heißt. Das ist französisch und bedeutet so viel wie »Heilige Scheiße, ist das langweilig«.

»Was ist nur aus ›Old Macdonald Had A Farm‹ geworden?«, fragte Jack, der neben mir saß und ein T-Shirt trug mit der Aufschrift *Lies ein Buch – einfach nur zum Spaß!* (Zur Info, das ist nicht lustig.)

»Hia-hia-ho!«, sang ich. »Das sind Texte, an die ich mich erinnern kann.«

Jack lachte. Er lachte immer über meine Witze.

»Also, Charlie Joe«, sagte er. »Wie sieht's aus? Kommst du nächstes Jahr wieder?«

»Alter, ich weiß es nicht. Vermutlich aber eher nicht«, erklärte ich ihm. »Ihr Jungs seid total klasse und so, aber ich stehe in den Ferien eher auf Strand und Eis essen statt auf Rumhocken in Klassenzimmern. So bin ich eben.«

»Okay«, sagte Jack ein wenig enttäuscht.

»Findest du es denn hier wirklich so toll?«

»Schon«, antwortete er. »Ich finde es total gut. Ich liebe es hierherzukommen.« Er starrte aus dem Fenster. »So komme ich mal zu Hause raus, damit hat das sicher auch was zu tun. Ich meine, mein Dad dreht manchmal wirklich durch, aber grundsätzlich sind meine Eltern ganz okay. Und meine Oma, die auch bei uns lebt, ist abgefahren.«

»Genau wie ihre Kekse«, unterbrach ich ihn.

»Richtig, genau wie ihre Kekse«, stimmte auch Jack zu und lächelte.

Dann veränderte sich sein Gesichtsausdruck, und er wurde traurig. »Ich habe zu Hause einfach keine Freunde. Alle denken, ich wäre ein Vollpfosten. Und ich kann es ihnen ja nicht mal verübeln. Hier im Camp dagegen sind alle irgendwie wie ich, und das macht es viel lustiger.« Er drehte sich um und schaute mich an. »Das verstehst du nicht.«

»Was meinst du?«

»Komm schon«, sagte er. »Wenn du wieder zu Hause bist, dann kannst du machen, was du willst, mit deinen Freunden abhängen und so. Ich aber nicht. Ich habe sofort Cello-Unterricht, ein Wissenschaftspraktikum, Karate und einen Chinesisch-Sprachkurs.«

»Das alles machst du in den Ferien?«

»Das ist noch gar nichts, du solltest mal mein Schuljahr sehen.«

»Wow«, murmelte ich. »Das ist verrückt.«

»Ich weiß«, stimmte Jack zu. »Es ist wirklich total verrückt.«

»Und was ist damit, was du beim Spiel gegen das Camp

Sackschutz gesagt hast?«, wollte ich von ihm wissen. »Du meintest, dass du dir insgeheim wünschst, dein ganzes Leben vor dem Fernseher zu verbringen?«

Jack lachte laut. »Ja genau, als ob das jemals passieren könnte … «

»Alter, du bist doch noch ein Kind!«, sagte ich und schrie ihn dabei fast an. »Du musst *nichts* von alldem tun, wenn du es nicht willst. Sag deinen Eltern einfach, dass du keinen Bock mehr darauf hast, so beschäftigt zu sein. Setz dich durch.«

Er lächelte traurig. »Du meinst, wie dieser Lech Walesa? Und wie Charlie Joe Jackson?«

»Jap!« Ich klatschte ihm auf den Rücken. »Genau! Du schaffst das, wirklich!« Ich zeigte auf sein T-Shirt. »Und du könntest anfangen, dir neue Klamotten zuzulegen.«

Er schaute an sich herunter. »Ja, da hast du wohl recht.«

In dem Moment wurden wir von Ms Domerca unterbrochen, die hinter unseren Köpfen laut in die Hände klatschte.

»Ich kann euch zwei gar nicht hören! Los jetzt, singt mal mit!«

Ich sah zu ihr hoch. »Können wir als Nächstes ›Wer, wie was?‹ singen?«

»Oh, ich liebe dieses Lied«, sagte Jack. »Wer nicht fragt, bleibt dumm.«

»Bitte!«, flehte ich Ms D. an. »Bitte, bitte, bitte, bitte!«

Sie schlug ihre Hände über dem Kopf zusammen und willigte ein. »Na gut, aber die wichtigen Dinge zuerst.« Mit diesen Worten ließ sie einen Brief in meinen Schoß fallen. »Die letzte Postlieferung für dieses Jahr!«

Ich sah die Handschrift, und augenblicklich hörte mein Herz für mindestens vier Schläge auf zu schlagen.

Endlich.

Jack lehnte sich zu mir rüber. »Ist der von Zoe?«

»Jap.«

»Es muss ja so cool sein, einen Brief von einem Mädchen zu bekommen.«

Ich holte tief Luft. »Ob das stimmt, werde ich dir in ungefähr dreißig Sekunden sagen.«

Lieber Charlie Joe,

es tut mir echt leid, dass ich dir nicht früher geschrieben habe. Ich weiß auch nicht, ich glaube, ich war nervös oder so, aber das ist auch nicht wirklich eine Entschuldigung. Ich kann nur sagen, dass es mir leidtut.

Ich weiß nicht, ob es dir schon jemand erzählt hat, aber ich werde diese Woche wieder ins Haus von meinem Vater ziehen. Ob du's glaubst oder nicht, aber meine Eltern haben sich wieder versöhnt. Mal schauen, wie's läuft. Jedenfalls wollte ich dir das sagen, bevor du wieder zu Hause bist und ich nicht mehr da bin.

Ich werde nur ein paar Stunden entfernt sein, deswegen hoffe ich, dass wir trotzdem Freunde bleiben, uns sehen können und was unternehmen, wenn du willst. Sag einfach Bescheid.

Ich hoffe, du hast eine tolle Zeit im Camp, auch wenn es da nur um Lesen, Schreiben und Lernen geht. So wie ich dich kenne, wirst du einen Weg finden, trotzdem deinen Spaß zu haben. Ich vermisse dich.

Fühl dich fest gedrückt,
Zoe

38

Ich hatte den Brief in ungefähr fünf Sekunden gelesen und las ihn dann noch mindestens fünfundfünfzig Mal.

Es war also offiziell: Zoe Alvarez würde niemals meine erste richtige Freundin werden.

Das Mädchen, das mir beigebracht hatte, wie man für sich selbst kämpft und wie man Situationen meistert, auch wenn sie nicht so toll laufen, zog weg.

Ich hatte mich so sehr darauf gefreut, sie nach dem Camp wiederzusehen, mit ihr in der Schule abzuhängen und vielleicht sogar wirklich mit ihr zusammen zu sein.

Und jetzt war klar, dass das alles niemals passieren würde.

***

Ich saß im Bus und wurde richtig wütend. Jetzt wünschte ich mir, ich würde aus dem Camp rausfliegen. Dann wäre ich wenigstens bald daheim, und selbst wenn ich Hausarrest bekäme, könnte ich mich aus dem Haus schleichen und Zoe wenigstens ein letztes Mal sehen, bevor sie wegzog. Stattdessen steckte ich hier im Bus fest, auf dem Weg zu irgend so einem dämlichen Schulhaus im Nirgendwo. Bis ich zu Hause bin, ist

Zoe längst fort. Und dieses »nur ein paar Stunden entfernt« kann auch »irgendwo auf dem Mond« heißen. Vermutlich werde ich sie nie wiedersehen.

Doch je länger ich darüber nachdachte, sah ich es mit anderen Augen.

Ich begriff, dass es wahrscheinlich doch gut war, ins Camp gegangen zu sein. Wäre ich zu Hause geblieben, hätte ich Zoe mehr und mehr gemocht, und dann wäre es ja noch schlimmer gewesen, wenn sie plötzlich fort wäre. Und statt mit immer denselben Leuten zu Hause abzuhängen, habe ich hier neue Freunde kennengelernt. Sicher würde ich niemals ein großer Buchliebhaber werden, wie es Katie prophezeit hatte, aber ich muss gestehen, ich habe tatsächlich ein, zwei Bücher entdeckt, die nicht ganz so schrecklich waren. Und ich habe herausgefunden, dass ich mich an den verrücktesten Plätzen der Welt aufhalten kann und immer noch einen Weg finde, das Beste daraus zu machen.

Und deshalb – ja, ihr hört richtig – war mir in dem Moment, als der Bus auf den Parkplatz fuhr, klar, dass das Camp Lieseinbuch der beste Platz auf der Welt war. Und die Entscheidung hierherzukommen war die beste meines Lebens. Also werde ich es der Welt – und Zoe – beweisen und so richtig aufpassen beim Abschlussworkshop, und beim Test werde ich es krachen lassen!

Wichtige Regel für die Liebe: Wenn das Mädchen, das man liebt, wegzieht, dann können echt seltsame Dinge im Hirn eines Jungen passieren.

39

Der Campingplatz war ziemlich cool. Im Wald bauten wir unsere Zelte auf, ganz in der Nähe einer riesigen Feuerstelle am See. Danach gab es vorzügliche Erdnussbutterkekse, Popcorn und Saft – drei meiner Lieblingsspeisen. Fast war es, als hätte Dr. Mal gehört, dass ich mittlerweile beschlossen hatte, das Camp zu mögen, und er dabei helfen wollte, mich davon zu überzeugen, dass ich die richtige Wahl getroffen hatte.

Dann liefen wir zurück zu den Bussen und fuhren nach Old Bridgetown, was allerdings wieder weniger überzeugend war.

Dort sah alles aus wie vor mehr als zweihundert Jahren. Es gab einen Haufen kleiner Häuschen, in denen Schuhmacher Schuhe machten, Glasbläser Gläser bliesen und Schmiede machten, was immer ein Schmied eben macht. Die Leute liefen in diesen echt unbequemen Kostümen rum, was mich mit Entsetzen an letztes Jahr erinnerte, als ich mich als Baron Chillingsworth verkleiden musste, einem berühmten englischen Fuchsjäger. (Lange Geschichte)

Wie dem auch sei, ich bin nicht gerade ein großer Fan von solchen Orten. Die Leute sind alle viel zu nett, und es gibt kein Kabelfernsehen. Außerdem interessiert es mich nicht wirklich, dass die Leute damals bei Kerzenlicht lesen mussten. (Viel zu aufwändig, wenn ihr mich fragt.) Egal. Ich fand das alles durchaus beängstigend, dabei hatten wir das Kleine Gelbe Schulhaus noch nicht einmal erreicht.

Dann sah ich sie – die Alte Karamellfabrik.

Sie sah prächtig aus.

Die Tatsache, dass Zoe wegzog, wurde kurz nebensächlich, als ich in den Laden rannte und mir das Wasser im Mund zusammenlief. Er war vollgestopft mit dem leckersten Karamell, das ich jemals gesehen hatte.

In allen möglichen Sorten – normales Karamell, Pfefferminz-Karamell, Erdnussbutter-Karamell oder Karamell mit weißer Schokolade. Ich wollte sie alle probieren. Aber das war noch nicht alles – es gab noch mehr als nur Karamell. *Viel* mehr. Reihen von kandierten Äpfeln, Erdnusskrokant, Schokorosinen, Mandelplätzchen und noch so einige mehr von meinen Lieblingssüßigkeiten. Außerdem gab es große Fässer voller Kaubonbons, Schokoriegel und Weingummi.

Hab ich genug erzählt von der Alten Karamellfabrik?

Ich starrte mir die Augen aus dem Kopf, und meine Zunge hing irgendwo bei meinen Schnürsenkeln, als ich eine Hand auf meiner Schulter spürte. Ich drehte mich um.

Ms Domerca.

»Wir müssen los«, sagte sie. »Mittagessen.«

Ich ignorierte sie und sah noch ein letztes Mal zum Fenster des Glücks. Ms D. ließ mich zwei weitere Sekunden starren und zog mich dann sanft weg.

»Wir kommen später noch mal zurück«, versprach sie mir.

»Für fünfzehn Minuten«, erinnerte ich sie. »Das ist so unfair. Wir sollten den Zeitplan überarbeiten: fünfzehn Minuten im Schulhaus und zwei Stunden in der Alten Karamellfabrik. So würden normale Amerikaner das machen.«

Ms Domerca holte tief Luft. »Charlie Joe, diese Einstellung ist genau das, was in diesem Land schiefläuft. Zu viel Essen und zu wenig Lesen.«

Oh, Ms Domerca, werden Sie jemals was dazulernen?

40

»Kinder, mein Name ist Schulmeisterin Prudence Moffitt. Bitte nehmt Platz.«

Schulmeisterin Moffitt, deren echter Name wahrscheinlich Sheila Johnson oder so war, stand vorne in einem sehr alt aussehenden Klassenzimmer, welches das ganze Kleine Gelbe Schulhaus war. Sie trug ein riesengroßes blaues Kleid, das unten aufgeplustert war, und eine weiße Haube, die fest um ihr Gesicht geschnürt war. Ich hoffte, dass sie wenigstens gut dafür bezahlt würde, in diesem Outfit rumzulaufen, aber ich bezweifelte es.

Wir setzten uns alle so, wie wir immer saßen: Nareem neben Katie, George neben Cathy und Jared neben Lauren. Die drei glücklichen Paare des Camps, vereinigt für zwei weitere Tage. Das gilt natürlich nicht für Nareem und Katie, die auch noch für den Rest des nächsten Schuljahres zusammenbleiben würden. Wie schön für die beiden.

Still klemmte ich mich in eine winzige Schulbank, auf deren Pult ein seltsam aussehendes Buch und ein noch seltsamer aussehender Stift lagen. Hoffentlich merkte niemand, dass ich tatsächlich aufpasste. Ich hatte niemandem von meinem Plan, in dem Test eine Eins zu kassieren, erzählt. Ich wollte, dass es eine schöne, große Überraschung würde.

»Kinder, die an solchen Schulbänken sitzen durften, waren die glückliche Ausnahme«, erklärte uns Schulmeisterin Moffitt. »Sie waren von Haus aus wohlhabend genug, um sich die Schule leisten zu können. Viele Kinder im achtzehnten Jahrhundert mussten auf den Feldern und Bauernhöfen arbeiten und konnten nicht zur Schule gehen. In der frühen Kolonialzeit lag die Bildungsrate von Kindern bei nur fünfundsiebzig Prozent.«

»Ich wäre glücklich gewesen, einer der fünfundzwanzig Prozent zu sein«, sagte George und brachte alle zum Lachen.

»Hör auf, Charlie Joe nachzuahmen«, forderte ihn Jared auf. »Du liebst Lesen. Deswegen bist du hier.«

»Kümmere dich um deinen eigenen Kram«, verteidigte sich George und lief rot an.

»Hört auf damit«, schimpfte Dr. Mal. »Beide«.

Als sie sich wieder beruhigt hatten, dachte ich darüber nach, wie absurd das gerade war. George Feedleman – der Junge, der in den ersten Tagen hier im Camp so ängstlich war, dass er in Ms Domercas Workshop keinen Ton von sich gegeben hatte – wurde angeschrien, weil er sich übers Lesen lustig machte. Ich stattdessen saß da wie ein Engel, um eine gute Note im Test zu schreiben.

Das Blatt hatte sich eindeutig gewendet.

»Wie ich schon sagte«, fuhr Schulmeisterin Moffitt fort, »diejenigen Kinder, die die Schule besuchen durften, waren die Glücklichen. Das, was ihr vor euch auf dem Tisch seht, sind die Bücher, in die sie schreiben durften. Man nannte sie ›Schönschreibhefte‹, weil Papier so teuer war. Die Stifte nennt man Schreibfeder, und man tauchte die Spitze in Tinte. Los, versucht es mal. Schreibt euren Namen auf die erste Seite.«

Ich tunkte meine Schreibfeder in die Tinte und schrieb Charlie Joe Jackson auf die erste Seite. Es sah aber mehr so aus CHARLIE JOE JACKSON. Es war nicht einfach, mit diesem Schreibfederteil zu schreiben, aber es war dennoch ziemlich cool.

Dann stellte sich Dr. Mal vor die Klasse.

»In den nächsten zwei Stunden«, sagte er, »wird uns Schulmeisterin Moffitt auf eine wundervolle Exkursion mitnehmen und uns die Bücher, Reden und andere Schriften aus der Zeit des Amerikanischen Unabhängigkeitskriegs vorstellen. Morgen früh werdet ihr in unserem Letzten Workshop ein Arbeitsblatt mit vierzig Fragen zur Beantwortung bekommen, über das, was wir heute lernen werden. Im Anschluss daran werdet ihr dann einen Aufsatz verfassen im Schreibstil der damaligen Zeit. Das Thema dieses Aufsatzes wird sein: ›Was ist das Wichtigste, das ich im Camp Lieseinbuch gelernt habe.‹ Mit diesem Aufsatz werden wir das diesjährige Workshop-Programm abschließen. Ich bin sehr stolz auf euch alle.« Er lächelte. »Und jetzt überlasse ich euch zu treuen Händen der Schulmeisterin Moffitt. Euch allen einen wunderbaren Workshop!«

Als Dr. Mal den Raum verließ, glaubte ich zu sehen, dass er mir zunickte.

Nur für den Fall, nickte ich zurück.

***

Zwei Stunden später wusste ich alles darüber, wie anstrengend es war, im Jahr 1770 zu leben. Ich war bereit für den Test.

Doch zuerst war es an der Zeit, die Vorzüge des modernen Lebens auszukosten. Während unseres unfassbar kurzen fünfzehnminütigen Aufenthalts in der Alten Karamellfabrik fragte ich Bart, den Kerl, der dort arbeitete, wie er an diesen Job gekommen war.

»Ich habe mich einfach beworben.«

Ich war schockiert. »Du musstest keine Karamell-Ausbildung machen oder irgendeinen Lehrgang oder so? Die haben dich einfach genommen?«

»Jap«, sagte Bart. »Es ist nicht so schwer, Karamell herzustellen. Das kann man in ungefähr drei Stunden lernen.«

Ich nahm mir ein besonders großes Stück zum Probieren und grinste in mich hinein.

Jetzt habe ich endlich eine Antwort auf die so lästige Frage, was ich mal werden will.

41

Das Wetter war geradezu perfekt für das Lagerfeuer. Der ganze Sommer war ziemlich schwül und sehr heiß, aber an diesem Abend war es eher angenehm kühl, sogar mit einer kleinen Brise. Das Beste aber war, dass es keine Mücken gab, obwohl wir uns in der Nähe eines Sees befanden. Die Zelte waren aufgebaut, die Schlafsäcke ausgerollt und die Marshmallows zum Verzehr bereit. Alles war perfekt.

Nur manchmal ist das Problem mit »perfekt« eben genau das. Du denkst an das Einzige, was fehlt, damit es noch perfekter war.

Zoe.

Die wegziehende Zoe.

Ich glaube, das war auch der Grund, warum ich mich irgendwie komisch fühlte, als Katie zu mir kam und sich neben mich ans Lagerfeuer setzte. Ich hatte sie den ganzen Tag noch nicht gesehen, weil ich zu beschäftigt war mit den Schreibfedern, den Schönschreibheften und damit, mich an die verschiedenen landwirtschaftlichen Techniken des siebzehnten Jahrhunderts zu erinnern. Allerdings hatte ich Katie ein paarmal mit Nareem gesehen. Sie hielten Händchen, als hätten sie vor, sich nie wieder loszulassen.

Ich würde sogar so weit gehen zu sagen, dass sie absolute Experten darin waren.

Ich versuchte, Katie gegenüber mein freundlichstes Lächeln aufzusetzen. »Hey!«

»Kann ich kurz mit dir reden?«

»Klar, worum geht's?«

Sie zögerte noch einen Moment und sagte dann: »Ich wollte dir nur sagen, dass ich es toll finde, was du aus deiner Zeit hier im Camp gemacht hast. Ich bin echt stolz auf dich.«

»Cool«, antwortete ich. Ich freute mich über ihre Worte, fühlte mich aber nicht sehr redselig.

»Ich weiß, Charlie Joe, ich ziehe dich ständig auf«, sagte Katie. »Und manchmal nerve ich dich ziemlich damit. Das liegt aber nur daran, weil ich dich schon so lange kenne, dass ich meine, dir alles sagen zu können. Ich hoffe, du verstehst das.«

Ich nickte.

»Ich bin zwar mit Nareem zusammen«, fügte sie hinzu. »Aber du bist mein ältester Freund.«

»Danke, dass du das sagst.«

»Und ich hoffe, du weißt, dass du mir auch jederzeit alles sagen kannst«, fuhr sie fort. »Dass wir ehrlich miteinander sind, ist wichtiger als alles andere in der Welt.«

»Da bin ich ganz deiner Meinung«, stimmte ich zu.

»Okay, prima«, antwortete sie, schien aber nicht zufrieden zu sein.

Sie sah mich an wie die Psychologin, die sie irgendwann einmal werden würde.

Ich seufzte. »Was?«

»Weißt du das?«, fragte Katie. »Weißt du, dass du mir alles sagen kannst? Denn wenn nicht, dann wüsste ich nicht, was ich tun sollte.«

»Katie, was willst du von mir?« In meinem Kopf schwirrten Gedanken an Zoe und Katie und Hannah umher, und in mir kam dieses genervte Gefühl wieder hoch. »Gibt es da was, von dem du denkst, ich würde es vor dir verheimlichen? Ich *bin* immer ehrlich zu dir. Als du mich beschuldigt hast, dass ich insgeheim gerne ein Streber wäre, war ich doch auch total ehrlich und hab dir gesagt, dass das das Dümmste ist, was ich je in meinem Leben gehört habe.«

»Das meine ich nicht«, sagte Katie und hörte sich jetzt selbst ein bisschen genervt an. »Wenn du es wirklich wissen willst … ich will nur, dass du nicht sauer bist, weil ich mit Nareem zusammen bin. Vor allem jetzt, wo wir bald nach Hause fahren und dann den Rest der Sommerferien vor uns haben und das nächste Schuljahr und so.«

Ahhhh, in die Richtung lief das also.

»Keine Sorge, ich hab überhaupt kein Problem damit!«, beharrte ich. »Wieso sollte ich damit ein Problem haben? Das ist total in Ordnung für mich!«

Katie zuckte mit den Schultern. »Na ja, ich habe eben das Gefühl, dass du dich schon die ganze Zeit echt seltsam deswegen benimmst. Ich will ja nur sichergehen, dass du nicht eifersüchtig bist, verstehst du?«

Wow. Da war es. Sie hat es gesagt. Das E-Wort.

Ich musste eine Minute darüber nachdenken, was ich jetzt sagen sollte. Ein Teil von mir hätte gerne zugegeben, dass sie vielleicht recht hatte, dass ich wirklich auf irgendeine seltsame Art und Weise eifersüchtig war, wenn nicht auch verwundert darüber, dass die beiden ewig brauchten, bis sie sich entschieden hatten, Freund und Freundin zu sein, weswegen ich mich wiederum, in Zusammenhang mit der Tatsache, dass sie mir vorwarf, ich würde insgeheim lieber ein Streber sein, manchmal wie ein Vollidiot benahm, und das tat mir wirklich leid.

Ein anderer Teil von mir wollte ihr gerne mitteilen, dass ich so nebenbei erfahren habe, dass Zoe wegzieht, und ich gerade versuche, das Beste daraus zu machen, aber es mir nicht wirklich hilft, wenn sie und Nareem genau vor meinen Augen ständig einen auf Turteltauben machten.

Doch stattdessen brachte ich nur hervor: »Wie ich schon zu Nareem sagte, ich finde es klasse, dass ihr beiden euch mögt. Im Ernst, ich freue mich total für euch!«

Katie schaute mich an, als versuchte sie zu entscheiden, ob sie mir glauben sollte oder nicht.

»Davon abgesehen«, fügte ich, warum auch immer, hinzu, »mochte ich dich nie, du weißt schon, auf diese Art und Weise.«

Ich glaubte, einen Funken Enttäuschung über Katies Gesicht huschen gesehen zu haben, aber wahrscheinlich habe ich mir das nur eingebildet.

»Super!«, sagte sie und nahm mich in den Arm.

Ich drückte sie auch irgendwie.

»Super!«, sagte sie noch mal. »Ich bin so glücklich!«

Ich war nicht sicher, ob sie das jetzt wegen mir oder Nareem meinte.

Ich entschied aber, nicht weiter nachzufragen.

42

Das Drama zwischen mir und Katie war vorerst überstanden, und das Lagerfeuer fing gerade erst an.

Nach meiner kleinen Unterhaltung mit Katie lief ich ein wenig herum, auf der Suche nach einem Marshmallow, das ich am Feuer rösten könnte, und stieß dabei auf Lauren Rubin.

»Ich hab dich schon überall gesucht«, sagte sie.

Sie weinte.

»Lauren, was ist passiert?«, fragte ich sie, als wir runter zum See liefen. »Was hast du?«

»Ich bin ein Vollidiot.«

»Das kann gar nicht sein«, erklärte ich ihr. Es gab definitiv keine Vollidioten im Camp Lieseinbuch. Streber ja. Vollidioten nein.

»Glaub mir, ich bin einer. Diese ganze Sache hat sich als einziger Witz herausgestellt.«

»Welche ganze Sache?«

Lauren versuchte sich die Tränen wegzuwischen, aber es kamen einfach zu viele hinterher.

»Na diese Jared-Sache.«

»Welche Jared-Sache?«

»Er ist ein Trottel.« Lauren setzte sich auf eine Bank und

fing an, Steine in den See zu werfen. Ich schaute ihr zu und schwieg. Ich wollte ihr die Zeit geben, selbst zu erklären, was sie meinte. Schließlich drehte sie sich zu mir um.

»Jared hat die ganze Zeit nur so getan, als würde er mich mögen, damit ich seine Aufgaben mache.«

Ich starrte sie an. »Oh nein. Im Ernst?«

Lauren nickte. »Todernst. Die ganze Zeit habe ich ihm dabei geholfen, seine Sachen zu erledigen. Hab den ganzen Schreibkram für ihn gemacht. Ich glaube, das war der einzige Grund, warum er sich mit mir abgegeben hat.«

Nicht mal ich konnte mir vorstellen, dass Jared so tief sinken konnte. »Das ist bescheuert«, sagte ich.

»Bescheuert, aber wahr«, sagte Lauren. »Es sieht nämlich ganz so aus, als würde er Lesen und Schreiben hassen.«

Ich musste mich hinsetzen, um das zu verdauen.

Oh mein Gott. Jared hörte sich ganz so an wie ich. Und das war wohl das Traurigste, was ich je gehört hatte.

»Und wieso ist er dann hier im Camp Lieseinbuch?«, fragte ich.

»Gute Frage«, schniefte Lauren. »Ich glaube, sein älterer Bruder war hier, und der ist so was wie ein Genie. Ich schätze, dass Jared deswegen ziemlich unter Druck steht.«

Wow. Zuerst Jack, der seinen Dad zufriedenstellen muss, und jetzt Jared, der versucht, wie sein Bruder zu sein. Ein Streber zu sein war definitiv viel zu anstrengend. Aber wenn ihr mich fragt, dann kriegt Jack diesen Stress besser auf die Reihe als Jared.

Lauren redete weiter. »Und ich war so aufgeregt und habe

mich so darüber gefreut, dass er mich mag, dass es mir echt total egal war. Aber vorhin haben wir über den Letzten Workshop morgen gesprochen. Und da sagte er, dass er unbedingt neben mir sitzen müsste. Ich wollte von ihm wissen, wie er das meint, weil wir doch immer nebeneinandersitzen. Dann sagte er, dass es diesmal um mehr als sonst ginge. Ich müsste links von ihm sitzen und aufpassen, dass mein Arm ja nicht mein Arbeitsblatt verdeckt. Ich fragte, warum, und er meinte, ›Na, damit ich deine Antworten abschreiben kann, ist doch logisch!‹ Dann lachte er mich aus, als wäre es das Selbstverständlichste auf der Welt.«

Sie zielte mit einem Stein auf einen Baum. Er traf ihn an der Rinde mit einem lauten Knack! »Ich hätte es ahnen können«, seufzte sie.

»Ich fasse es nicht«, sagte ich. »Was für ein Betrüger. Ich hatte schon immer das Gefühl, dass irgendwas mit diesem Kerl nicht stimmt.« Ich fing auch an, Steine zu flippen. »Was willst du jetzt tun?«

»Was *kann* ich jetzt tun?«, fragte Lauren. »Ich schätze, ich lasse ihn meine Arbeit abschreiben. Wenn ich es nicht tue, dann wird er mich für immer und ewig hassen.«

»Auf keinen Fall wirst du ihn abschreiben lassen«, widersprach ich ihr auf der Stelle. »Wenn du das zulässt, dann bist du nämlich selbst eine Betrügerin. Sie könnten dich für immer aus dem Camp werfen.«

(Sicher fragt ihr euch, wie ein Kerl wie ich, der andere Leute seine Bücher für sich lesen lässt, plötzlich so besorgt ist wegen ein bisschen Abschreiben – aber hey, Lauren war ein viel besserer Mensch als ich, warum also sollte sie sich auf mein Level begeben?)

»Ich habe aber Angst, ihm das zu sagen!«, sagte Lauren weinend. »Er wird mich umbringen!«

»Das ist ein Argument«, stimmte ich ihr zu. »Kann ich dich was fragen? Wieso erzählst du mir das alles und nicht zum Beispiel Katie?«

»Keine Ahnung«, entgegnete Lauren. »Ich dachte nur, vielleicht … weißt du, was ich tun kann.«

»Oh.«

Okay. Lauren hatte ein Problem, und unter all den Schlaumeiern, die es hier gab, sucht sie sich ausgerechnet mich aus. Das fand ich ziemlich cool. »Nun, dann müssen wir uns einen Plan ausdenken«, sagte ich.

»Und der wäre?«, fragte sie und schaute mich hoffnungsvoll an.

»Lass mich kurz überlegen.«

Ich dachte eine Minute nach … dann noch eine Minute … und dann noch eine Minute …

Und dann traf mich der Geistesblitz.

Ein guter Plan. Eigentlich ein perfekter Plan. Ein Plan, der nur einen Haken hatte.

Er würde mich für immer und ewig aus dem Camp Lieseinbuch verbannen und alle dazu bringen, mich zu hassen. Und das ausgerechnet jetzt, wo ich anfange, das Camp zu mögen!

Ich weiß: Das war ein ziemlich großer Haken.

Aber Lauren weinend dasitzen zu sehen, machte mir klar, dass es die einzige Möglichkeit war.

»Ich habe eine Idee.«

»Welche?«

»Wenn du beim Abschlusstest nicht da bist, dann kann er auch nicht von dir abschreiben.«

»Wieso, um alles in der Welt, sollte ich den Abschlusstest verpassen?«

Ich hob einen perfekten, flachen Stein auf und warf ihn übers Wasser. Er sprang sechs Mal.

»Weil ich den Abschlusstest auch verpassen werde«, sagte ich.

43

Am nächsten Morgen saß Lauren auf der Fahrt nach Old Bridgetown im Bus neben mir.

»Bist du dir bei der Sache sicher?«, fragte sie mich.

»Hundert Prozent sicher«, antwortete ich. »Aber warte auf mein Zeichen. Wo ist Jared?«

»Ich bin ihm aus dem Weg gegangen«, sagte sie.

»Gut.«

»Trotzdem, irgendwie denke ich …«, fügte Lauren hinzu.

»Oh, oh«, unterbrach ich sie. »Das ist dein erster Fehler.«

Sie versuchte zu lächeln. »Was, wenn sie uns erwischen? Ich habe keine Lust, wegen Jared Ärger zu kriegen, das ist er nicht wert.«

Ich lachte. »Nun, du wirst keinen kriegen, ich schon!«

»Na ja, dann will ich eben nicht, dass DU Ärger wegen ihm bekommst!«

»Das ist okay«, versicherte ich ihr. »Ich kenn das schon!«

Sie seufzte. »Ich habe so was noch nie vorher gemacht. Das ist nicht gerade ehrlich.«

»Keiner muss das jemals erfahren«, beruhigte ich sie. »Niemals.«

Lauren sah noch immer unsicher aus.

»Du hast nur eine einzige andere Wahl«, fuhr ich fort, »zu Dr. Mal zu gehen, und zwar sofort, und ihm zu sagen, was Jared von dir verlangt.«

»Das kann ich nicht«, flüsterte sie. Ich war mir nicht sicher, ob ein kleiner Teil von ihr Jared immer noch beschützen wollte, oder ob es daran lag, dass es ihr wirklich peinlich war, dass sie sich überhaupt ihn in verguckt hatte.

Vielleicht war es auch beides.

***

Der Bus fuhr auf den Parkplatz von Old Bridgetown – das Einzige hier, was nicht aussah, als stammte es aus dem Jahr siebzehnhundertirgendwas –, und alle stiegen aus dem Bus aus. Als wir zum Kleinen Gelben Schulhaus liefen, stolperte ich, krümmte mich ein wenig und hielt mir den Bauch.

»Ich glaube, das Frühstück ist mir nicht bekommen«, krächzte ich zu Dwayne. »Ich muss mal kurz aufs Klo.«

Dwayne schaute mich an, als würde er mir das nicht wirklich glauben – könnt ihr euch das vorstellen? –, nickte aber schließlich. »Gut, beeil dich aber«, sagte er.

Ich lief rüber zu den Toiletten und schloss die Tür. Nach ein paar Minuten schlich ich mich hinters Schulhaus, wo ich mich fünf Minuten lang hinter einem Baum versteckte.

Dann kletterte ich durch ein offenes Fenster und lauschte.

Zwei Minuten später konnte ich Dr. Mals Stimme vernehmen.

»Ich dachte, sie hätten gesagt, er wäre aufs Klo gegangen!«

»Das hat er auch gesagt«, verteidigte sich Dwayne. »Ich war dort und hab ihn gesucht, aber er ist verschwunden.«

Ich hörte, wie eine Hand auf einen Schreibtisch aufschlug. »Dieses Kind bringt mich noch ins Grab«, hörte ich Dr. Mal brüllen. »Ins Grab!«

Dann die Stimme der Schulmeisterin. »Wie möchten Sie nun fortfahren?«

»Wir sind eh schon spät dran«, erklärte ihr Dr. Mal. »Lassen Sie uns also anfangen. Wir müssen uns um zehn Uhr schon wieder auf den Weg zurück ins Camp machen.«

Jetzt war der richtige Moment. Ich warf einen kleinen Stein gegen das Fenster.

Das war Laurens Zeichen.

Fünf Sekunden später hörte ich ihre Stimme. »Ich glaube, ich weiß, was passiert sein könnte. Gestern Abend am Lagerfeuer hat er mir erzählt, dass er Angst hat, beim Abschlusstest zu versagen, und dass seine Eltern ihn dann auf die Sommerschule schicken würden, wenn er heimkommt. Er war irgendwie panisch und wusste nicht, was er tun sollte.«

Ich hörte Stühle rücken – wahrscheinlich drehten sich alle zu Lauren, um sie besser verstehen zu können –, dann hörte ich wieder ihre Stimme: »Das Gleiche wiederholte er heute Morgen noch mal auf der Busfahrt hierher. Er meinte, dass er lieber den Test schwänzen würde, als ihn mitzuschreiben und total zu verhauen. Er sagte, er würde sich davonschleichen und abhauen. Ich dachte nicht, dass er es ernst meint, sonst hätte ich Ihnen das natürlich erzählt.«

Dr. Mal: »Abhauen? Wohin?«

Dann drängte sich Schulmeisterin Moffitt nach vorne: »Schüler, bitte fangt an.«

Lauren: »Irgendwas hat er gesagt, glaube ich.«

Dwayne: »Hat er?!?«

Dr. Mal: »Hat er?!?«

Beide: »WOHIN?!?«

Lauren total verwirrt (sie war eine gute Schauspielerin): »Ich weiß es nicht! Ich meine, ich bin nicht sicher!«

Dr. Mal: »Es ist schon okay, es ist ja nicht deine Schuld. Wir sollten uns erst mal alle beruhigen. Lauren, glaubst du denn, du könntest dich erinnern?«

Lauren: »Irgendeinen Ort hat er erwähnt, aber ich war mit den Gedanken beim Test, und im Bus war es laut, und er hat geflüstert, und ich habe ihm nicht wirklich zugehört. Es tut mir so leid.«

»Ist schon in Ordnung«, beruhigte sie Dr. Mal wieder.

»Aber ich glaube, wenn ich es sehe, dann könnte ich mich vielleicht erinnern«, fügte Lauren hinzu. »Meinen Sie, jemand könnte mich durch Old Bridgetown führen? Wenn ich den Namen das Ortes sehe, dann fällt es mir vielleicht wieder ein.«

Ich hörte ein Flüstern und dann endlich Dr. Mals Stimme: »Gut. Dwayne wird Lauren herumführen. Ich bleibe hier bei den anderen, für den Fall, dass Charlie Joe zur Vernunft kommt und wieder auftaucht.«

Der Plan lief einwandfrei, und dann wurde es sogar noch besser. Ich hörte, wie Jared sagte: »Im Ernst? Wie kann es sein, dass Lauren den Test nicht schreiben muss? Das ist nicht fair.«

»Die Sache betrifft dich nicht im Geringsten, Jared«, blaffte ihn Dr. Mal an, was Jared noch eine weitere Minute maulen ließ. Das war einfach genial.

Schade nur, dass ich nicht noch ein bisschen länger bleiben konnte, um mehr von seinem Gejammere zu hören, denn ich musste mich auf den Weg zur Alten Karamellfabrik machen und zwar schnell. Nach meiner Berechnung blieben mir fünf Minuten, um dahin zu kommen – das würde Lauren genug Zeit geben, sich von Dwayne in Old Bridgetown herumführen zu lassen, um sich dann zu »erinnern«, dass es die Karamellfabrik war, nach der sie suchte.

Das war der zweite Teil des Plans.

44

Ich rannte so schnell ich konnte zur Alten Karamellfabrik, die auf der anderen Seite des Old Bridgetown Geländes stand, und war völlig außer Atem, als ich da ankam. Weil es noch so früh war, war nur Bart, der Karamellmacher, da. Er kochte gerade etwas, das so wahnsinnig gut roch, dass mir das Wasser im Mund zusammenlief und sogar meine Augen feucht wurden.

»Was kochst du da?«, fragte ich.

Bart schaute von seinem großen Kochtopf hoch. »Oh, hallo«, begrüßte er mich. »Wo ist der Rest der Truppe?«

»Wir sind heute alleine unterwegs.«

Er beäugte mich misstrauisch. »Wirklich? Normalerweise ist das hier nicht erlaubt.«

»Na ja, wir gehören zu einem Camp schlauer Kinder, ich schätze, da traut man uns Verantwortung zu.«

Bart musste eine Weile darüber nachdenken, zuckte dann mit den Schultern und kochte weiter.

»Was kochst du da?«, wiederholte ich meine Frage.

»Kokosnusskaramell«, sagte Bart und rührte in einer braunen Masse herum, die aussah wie Schlamm. »Die Spezialität des Hauses.«

»Darf ich mal probieren?«

»Ist noch nicht fertig.«

»Bitte.«

Bart schaute sich um und griff dann nach einem kleinen Holzlöffel, den er in die zerschmolzene Masse tunkte. Er reichte ihn mir. »Verbrenn dich nicht, zuerst pusten.«

Ich pustete ungefähr eine halbe Sekunde und nahm dann einen Bissen (eigentlich war es eher ein Schluck). Ich verbrannte mir die Zunge, doch das war mir egal. Das war das Leckerste, was ich in meinem ganzen Leben probiert hatte. Es war sogar besser als damals, als ich die Kombination aus Karamell und Apfel entdeckt hatte.

»Wow«, sagte ich. Und dann schob ich sicherheitshalber noch »wow, wow, wow, wow, wow« hinterher.

»Ja, das rockt, oder?«, freute sich Bart und rührte weiter.

Ich wollte Bart gerade anflehen, mir noch ein Stück – also einen Schluck – zu geben, als sich die Tür öffnete. Dwayne und Lauren standen vor mir.

»Ich wusste es – die Karamellfabrik!«, sagte sie und nickte aufgeregt.

Dwayne marschierte herein und packte mich am Kragen, wobei er mich praktisch vom Boden hochhob.

»Findest du das witzig?!«, brüllte er. Ohne mich wieder loszulassen, holte er sein Handy raus, drückte eine Taste und telefonierte kurz. »Ja, ich hab ihn. Karamellfabrik.« Dann beendete er das Gespräch auch schon wieder, blitzte mich an und schaute fuchsteufelswild zu Bart rüber. »Und was ist mit dir? Lässt hier einfach ein Kind hereinspazieren, mutterseelenalleine?«

Bart hatte zu viel Angst, etwas zu sagen, deswegen über-

nahm ich das für ihn. »Bart wollte eben den Wachdienst anrufen, musste aber erst sicherstellen, dass hier nichts anbrennt. Er hat mich nämlich auch schon angebrüllt.«

Dwayne starrte Bart an, beschloss aber, dass er nur Energie hatte, um auf einen von uns beiden sauer zu sein. Und das war ich.

»Die ganzen Campferien über haben wir uns mit deinem Blödsinn auseinandergesetzt, und es sah so aus, als wärst du eigentlich doch ein guter Junge. Und um ehrlich zu sein, es war echt mutig, die Protestaktion wegen des Extra Workshops durchzuziehen – das war ziemlich cool. Aber das hier ist alles andere als cool. Voll daneben!« Er schaute Lauren an, die noch immer in der Tür stand. »Du hast Glück, dass sie uns gesagt hat, wo du bist, sonst hätten wir dich vielleicht nie gefunden, dann hättest du zu Fuß nach Hause laufen können.«

»Sie hätten mich schon gefunden, es ist ja nicht so, als wäre das hier eine Großstadt«, brummte ich.

»Darum geht es nicht!« Jetzt brüllte Dwayne aber richtig. »Du musst dich an die Regeln halten!« Dwayne schüttelte den Kopf. »Ich will gar nicht wissen, wie viel Ärger du jetzt deswegen bekommst.«

Als ob Dwaynes Frage auf der Stelle beantwortet werden müsste, kam in dem Moment Dr. Mal herein, gefolgt von Ms Domerca.

Dr. Mal sagte kein Wort und lief auf und ab.

Schließlich entschied ich, die Unterhaltung zu beginnen.

»Ich habe beschlossen, nicht am Abschlusstest teilzunehmen, weil ich einfach nicht hierhergehöre«, erklärte ich Dr. Mal. »Erinnern Sie sich noch an den Willkommenskreis? Da sagten Sie, ich wäre den anderen hier viel ähnlicher, als ich wüsste? Nun, das war damals eine verrückte Aussage, und sie ist es noch immer. Es ist doch das Offensichtlichste der Welt, dass die Kinder hierherkommen, weil sie das Lesen lieben. Ich aber liebe es, nicht lesen zu müssen. Wieso belassen wir es dann nicht einfach dabei, dass mein Besuch hier ein riesengroßer Fehler war? In drei Stunden holen mich meine Eltern ab, und dann werden Sie mich nie wiedersehen müssen.«

Ms Domerca starrte mich mit Tränen in den Augen an. »Ich kann gar nicht sagen, wie enttäuscht ich von dir bin«, sagte sie.

So gern hätte ich ihr alles erklärt, ihr von Katie, von Zoe, von Lauren und Jared und unserem Plan erzählt. Aber ich schwieg.

»Wie es scheint, wirst du nie wieder zu uns ins Camp kommen«, sagte Dr. Mal. Dann sah er zu Lauren. »Danke für deine Hilfe. Wenn du möchtest, kannst du gerne zurück zu den anderen gehen und den Abschlusstest machen.«

»Ich glaube, ich lasse ihn lieber ausfallen«, flüsterte Lauren. »Ich bin ehrlich gesagt ziemlich traurig.«

Ich sah sie an. Alter, war sie gut. Wer hätte das gedacht?

Dr. Mal nickte. »Na gut. Dwayne, bringen Sie die beiden bitte zum Bus zurück, sie sollen dort auf die anderen warten. Und lassen Sie Charlie Joe bloß nicht aus den Augen.«

»Selbstverständlich, Dr. Malstrom«, antwortete Dwayne.

Als wir zum Bus liefen, warf mir Lauren einen kurzen Blick zu.

Sie bedankte sich, ohne ein Wort zu sagen.

45

Dwayne, Lauren und ich warteten eineinhalb Stunden am Bus. Keiner sprach auch nur ein Wort. Schließlich kam der Rest der Truppe irgendwann aus dem Schulhaus und stieg in den Bus ein. Alle ignorierten mich. Katie würdigte mich keines Blickes.

Ich war genau da, wo ich begonnen hatte. Es war wie am ersten Tag im Camp. Ich war der totale Außenseiter.

Der Einzige, der mit mir sprach, war George.

»Was ist passiert?«, flüsterte er. »Wo warst du? Stimmt es, dass du einfach so beschlossen hast, den Abschlusstest zu schwänzen und stattdessen in die Alte Karamellfabrik gegangen bist? Spinnst du? Wer tut so was?«

Ich beantwortete ihm keine seiner Fragen.

»Wir haben an dich geglaubt«, sagte George. »Wir dachten, du wärst einer von uns.«

Als Jared in den Bus einstieg, starrte er Lauren eine Sekunde lang an. Dann ging er bis ganz nach hinten durch, setzte sich auf einen Platz abseits der anderen und starrte aus dem Fenster.

Keiner sang Arien oder irgendwelche anderen Lieder – den ganzen Weg zurück bis zum Camp.

Liebe Mom,
lieber Dad,

wenn ihr das lest, dann werde ich schon wieder zu Hause sein und vermutlich Hausarrest haben. Ich weiß, dass ihr mir nicht glauben werdet, aber ich habe nur Ärger bekommen, weil ich einer Freundin geholfen habe. Mehr kann ich leider nicht sagen.

Im Moment sitze ich in meiner Hütte und habe gepackt. In fünfzehn Minuten treffen sich alle oben am Flaggenmast und warten auf die Eltern. Dann ist das Camp zu Ende. Aber wisst ihr was? Ich hatte eine echt klasse Zeit hier und habe tolle neue Freunde kennengelernt. Und ob ihr's glaubt oder nicht, aber ich habe tatsächlich darüber nachgedacht, nächstes Jahr wieder herzukommen.

Unglücklicherweise geht das jetzt nicht mehr.

Aber egal, das passt schon, denn einer Freundin zu helfen ist weitaus wichtiger.

Euer euch liebender Sohn,

Charlie Joe

46

Alle standen in einem großen Kreis um den Flaggenmast herum. Genau wie am ersten Camp-Tag. Nur diesmal hieß es »Abschiedskreis«. Alle Lieseinbuchler waren anwesend – bis auf einen.

Ich war in Dr. Mals Büro, schaute aus dem Fenster und wartete darauf, dass mich meine Eltern abholten.

Ich sah, wie die anderen sich an den Händen fassten und ein letztes Mal »Lerne zu lieben und liebe es zu lernen« sangen. Ich sah, wie Dr. Mal der Reihe nach jedem Einzelnen die Hand schüttelte. Ich sah, wie nach und nach die Autos ankamen, die Eltern ausstiegen und ihre Kinder in die Arme schlossen. Nareems Eltern. Katies Eltern. Georges Eltern. Cathys Eltern. Jacks Eltern (plus die Oma mit ihren Schokokeksen, die wie immer fünffach in Alufolie eingewickelt waren).

Dann sah ich den Wagen meiner Eltern die lange staubige Straße entlangrollen. Meine Mom saß am Steuer, mein Dad auf dem Beifahrersitz und meine Schwester Megan hinten. Meine beiden Hunde Moose und Coco stritten gerade darum, wer seinen Kopf aus dem Fenster strecken durfte. An ihren aufgeregten Gesichtern konnte man erkennen, dass sie genau wussten, wen sie jetzt abholten. Mein Dad stieg als Erster aus dem Auto. Ich sah, dass er nach mir suchte und sich am Kopf kratzte, weil er mich nirgends sehen konnte. Ich konnte mir das nicht länger anschauen, also setzte ich mich wieder auf die Couch und starrte die sechstausend Abschlusszeugnisse an. Eine Minute später kam Dr. Mal herein. »Deine Eltern sind hier. Lass uns gehen.«

Wir gingen nach draußen. Als sie mich sahen, rannte meine Familie mir entgegen und umarmte mich.

»Wir haben dich ja so vermisst!«, sagte jeder auf seine Weise. Die Hunde bellten wie irre, deshalb lief ich schnell zum Wagen, knutschte und umarmte sie mindestens drei Minuten lang.

»Wieso hast du drinnen gewartet?«, fragte Megan.

Noch bevor ich antworten konnte, kam Dr. Mal auf meine Eltern zu und stellte sich vor. Dann sagte er: »Gleich werden wir die letzte Bekanntmachung für dieses Jahr machen, ich würde danach gerne noch kurz mit Ihnen beiden reden.«

Meine Eltern schauten sich fragend an.

»Gibt es ein Problem?«, wollte mein Dad wissen. Es schien, als gingen meine Eltern immer vom Schlimmsten aus, wenn es mich betraf. Na ja, das hatte wohl auch seinen Grund, schätze ich.

Dr. Mal setzte sein freundlichstes Lächeln auf und sagte: »Lassen Sie uns anschließend reden, ja?« Dann pfiff er. »Ankündigung, eine Ankündigung bitte!«, rief er, und alle versammelten sich um den Flaggenmast, diesmal mit ihren Eltern.

»Wir hatten eine unvergessliche Zeit hier im Camp Lieseinbuch«, begann Dr. Mal seine Rede. »Zeitweise war sie sogar überaus interessant und ungewöhnlich, das steht fest, in jedem Fall war sie eine Bereicherung. Wir danken Ihnen, liebe Eltern, dass Sie uns ihre wundervollen Kinder anvertraut haben.«

Die Leute klatschten Beifall und lagen sich in den Armen, aber die Stimmung war irgendwie angespannt. Denn alle waren noch etwas angeschlagen vom Drama des Morgens.

Dr. Mal fuhr fort. »Und nun möchte ich den Gewinner des allerersten Lieseinbuch-Preises verkünden.«

Es wurde mucksmäuschenstill.

»Wie ich bereits am ersten Tag erwähnte, geht diese hochgradige Ehre an den Lieseinbuchler, der die Werte des Camps wie Gerechtigkeit, Gemeinschaft und Gelehrsamkeit am besten verkörpert. Es geht um ein Stipendium für das Camp nächstes Jahr.« Dr. Mal machte eine Pause. »Der Gewinner des ersten Lieseinbuch-Preises ist einer unserer ausgezeichnetsten Lieseinbuchler, eine Person voller Mitgefühl und Güte und – wie sie gerade heute Morgen gezeigt hat – mit großer Verantwortung. Bitte gratuliert mit mir: Lauren Rubin.«

Lauter Jubel brach aus. Alle liebten Lauren. Sie selbst sah geschockt aus.

Ihre Mom und ihr Dad umarmten sich, und ihre Mom begann zu weinen, so stolz war sie.

Lauren stieg aufs Podium hoch zu Dr. Mal und schüttelte ihm die Hand. Dann überreichte Dr. Singer ihr eine gerahmte Urkunde. Lauren schaute in die Menge, lächelte und ging dann zurück zu ihren Eltern.

Plötzlich aber blieb sie stehen und ging zu Dr. Mal.

»Ich bin mir ziemlich sicher, dass ich diesen Preis nicht verdiene«, sagte sie zu ihm. »Ich danke Ihnen für diese unglaublich große Ehre, aber ich kann sie nicht annehmen.«

Sie gab ihm die Urkunde zurück, rannte zu ihren Eltern und brach in Tränen aus.

Schockiert erstarrten alle zur Salzsäule. Eine Sekunde später ging Dr. Mal zu Lauren und legte ihr seine Hand auf die Schulter.

»Kannst du uns sagen, worum es hier geht?«, fragte er vorsichtig. Lauren schüttelte einfach nur den Kopf.

Im gesamten Camp war es mucksmäuschenstill. Man hörte nur den Wind in den Bäumen. Keiner wusste, was jetzt geschehen sollte.

Außer Jared Bumpers.

»Es ist seine Schuld«, rief er und zeigte dabei auf mich.

»Du hast alles vermasselt«, fuhr Jared fort und hatte diesen irren Blick in den Augen. »Von dem Tag an, als du hier ankamst, bis zu deinem Auftritt von heute Morgen war es doch mehr als offensichtlich, dass du nicht hierhergehörst. Du hast uns doch allen die Ferien versaut.«

»Das stimmt nicht«, verteidigte mich Lauren, aber Jared kam gerade erst so richtig in Fahrt.

»Du interessierst dich doch nur für dich selbst«, warf er mir vor. »Das habe ich gemerkt, als Dwayne mich zum Captain vom Team ernannte und du ihn dazu gebracht hast, seine Meinung zu ändern und doch lieber dich zu nehmen.«

»Das ist verrückt!«, sagte ich, als ich wieder Worte fand. »Ich wollte nicht mal Captain sein!«

Doch er hörte nicht auf. »Und dann, beim Extra Workshop, da hast du dein großes Ding abgezogen, nur um im Mittelpunkt zu stehen. Du kannst von Glück sagen, dass Katie einen Kompromiss mit Dr. Mal gefunden hat. Andernfalls hättest du uns allen den Sommer komplett kaputt gemacht!«

»Ich habe doch nur … «, begann ich den Satz, hatte aber keinen Plan, wie er weitergehen sollte. Alle warteten darauf, dass Dr. Mal etwas sagte. Doch ich glaube, er war zu fassungslos, um zu reagieren. Jared fing an herumzulaufen, als wäre er ein Anwalt, der sein Plädoyer vor der Geschworenenjury hält wie in diesen Fernsehserien. »Du kamst hierher ins Camp und dachtest von Anfang an, dass du viel zu cool bist für den Rest von uns«, sagte er. »Wir waren doch nur ein Haufen Streber für dich, nicht wahr? Was soll ein so beliebter Kerl wie du schon mit all den Deppen hier anfangen, die gerne lesen und schreiben und die gerne was aus ihrem Leben machen möchten?«

Ich schaute die Leute an, die meine Freunde geworden waren: Jack, George, Cathy. Doch keiner von ihnen würdigte mich eines Blickes. Nicht, nachdem ich den Letzten Workshop geschwänzt hatte, was eine unverzeihbare Sünde in ihren Augen war.

Jared lächelte kalt. »Du dachtest wirklich, du könntest uns ändern und dazu bringen, wie du zu werden«, sagte er. »Jetzt rate mal? Wir kennen Leute deiner Sorte. Und die sind hier nicht willkommen. Das hast du ein für alle Mal heute Morgen bewiesen, als du den Test geschwänzt hast. Und darum solltest du jetzt schnell hier abhauen, bevor –«

»Genug!«, brüllte Lauren. »Hör auf damit!«

Jared war still.

Alle drehten sich zu ihr um und sahen sie an.

Sie trat einen Schritt nach vorne.

»Jared weiß nicht, was er da redet«, sagte Lauren leise. »Charlie Joe hat mehr Vernunft in seinem kleinen Finger als Jared in seinem gesamten Körper.«

Jared wurde blass. Es schien, als ahnte er in dieser Sekunde, was Lauren jetzt gleich sagen würde.

Ihre Stimme wurde bestimmter. »Heute Morgen hat Charlie

Joe etwas getan, von dem er genau wusste, dass es ihm sehr viel Ärger bereiten würde, und dennoch hat er nicht gezögert.«

Alle Augen waren auf mich gerichtet. Ich starrte einfach weiter geradeaus.

»Aber das Bewundernswerte ist nicht, dass er es getan hat«, fuhr sie fort. »Denn wir alle wissen, dass das kein so überraschendes Verhalten für jemanden wie ihn ist.«

Sie holte tief Luft.

»Bewundernswert ist, dass er es für mich getan hat.«

Die Menge stöhnte auf vor Entsetzen. Ich wagte, kurz zu Katie zu gucken, und auf ihrem Gesicht war Erleichterung zu erkennen.

»Charlie Joe Jackson hat den Letzten Workshop geschwänzt«, redete sie weiter, »damit ich nicht betrügen muss.«

»Wie betrügen?«, fragte Dr. Mal.

Lauren starrte zu Boden. »Jemand wollte meinen Test abschreiben, und ich wollte das nicht«, flüsterte sie so leise, dass man es kaum hören konnte. »Wäre Charlie Joe nicht gewesen, um mich da rauszuholen, dann hätte ich es höchstwahrscheinlich zugelassen. Er wollte mir nur helfen.«

Für einen Moment stand die Menge regungslos da. Keiner wusste so richtig, was er tun sollte.

»Stimmt das wirklich?«, fragte Dr. Mal Lauren. »Das sind sehr ernste Anschuldigungen.«

Lauren schaute Dr. Mal tief in die Augen. »Es ist wahr«, sagte sie.

Dr. Mal ließ seinen Blick durch den Kreis schweifen, bis er bei Jared landete, der bereits durch sein T-Shirt schwitzte. Er lief auf ihn zu und beugte sich bedrohlich über ihn, so wie er es am ersten Tag beim Willkommenskreis bei mir getan hatte.

»Mr Bumpers«, sagte er leise, »gibt es irgendetwas, das Sie uns gerne erzählen möchten?«

Ungefähr zehn Sekunden lang starrte Jared nach oben zu Dr. Mal. Er sah aus, als finge er gleich an zu heulen.

»Ich hasse dieses beschissene Camp!«, brüllte er schließlich. Dann rannte er aus dem Kreis in den Speisesaal.

Wieder blieben alle ein paar Minuten regungslos stehen. Bis plötzlich alle auf einmal auf mich zuliefen und mir glücklich auf die Schulter klopften. Katie rannte mir geradezu in die Arme.

»Ich wusste es«, sagte sie immer und immer wieder. »Ich wusste es einfach.«

Die nächste Stimme, die ich hörte, war die meines Dads.

»Geht es in allen Streber-Camps so seltsam zu?«, fragte er.

47

Etwa zwei Minuten nach all der Aufregung räusperte sich Dr. Mal und bat um Aufmerksamkeit.

»Okay, jetzt wissen Sie alle, was ich meinte, als ich sagte, dass das eine unvergessliche Zeit war«, sagte Dr. Mal, während die Leute nervös lachten. »Aber selbst die letzten fünf Minuten haben uns erneut gezeigt, welch unglaubliche Kinder wir hier haben. Eine Lieseinbuchlerin ist unfassbar beunruhigt, weil sie von einem Freund gebeten wird zu betrügen, und ein anderer Lieseinbuchler opfert sein gutes Ansehen im Camp, um ihr zu helfen. Wenn das nicht alles über die Schüler hier sagt, dann weiß ich es auch nicht.«

Die Menge applaudierte. Erst leise, dann lauter und lauter, bis es sich wie eine riesige Welle anhörte. Die Leute klatschten immer mehr, während Lauren und ich nur peinlich berührt dastanden.

Schließlich bat Dr. Mal um Ruhe.

»Deswegen haben wir, nach einem kurzen Gespräch mit Dr. Singer, Dwayne und Ms Domerca, beschlossen, nicht nur einen, sondern gleich zwei Lieseinbuch-Preise zu vergeben. Bitte gratuliert mit mir Lauren Rubin … und Charlie Joe Jackson.«

Ich war mir nicht sicher, ob ich ihn richtig verstanden hatte. Habe ich soeben ein Stipendium für den Besuch im Camp Lieseinbuch nächstes Jahr gewonnen?

Schluck.

Ich war plötzlich total verwirrt. War das jetzt genial oder schrecklich? Ich wusste es nicht.

Dr. Mal fragte mich, ob ich was sagen wollte.

Ich wollte.

»Ein Teil von dem, was Jared gesagt hat, stimmt tatsächlich«, sagte ich. »Ich hasse es, das zuzugeben, aber als ich hier ankam, dachte ich wirklich, ich wäre zu cool für all das hier. Und ehrlich gesagt hatte ich mir vorgenommen, euch so umzukrempeln, dass ihr mehr so seid wie ich. Aber das war total dämlich. Denn ihr seid einfach absolut cool, auf eure eigene, ängstliche, bekloppte, streberische und einfach andere Art.« Ich schaute George und Jack in die Augen. »Und ich danke euch, dass ihr mir das Gefühl gegeben habt, dass ich hierhergehöre, auch wenn ich alles andere tue als das.«

Dann zwinkerte ich Katie zu, und sie zwinkerte zurück.

Ich gab Dr. Mal sein Mikrofon zurück. Meine Eltern nahmen mich in den Arm, auch Megan umarmte mich. Selbst meine Hunde umarmten mich. Und schließlich kamen auch meine Freunde, die bis vor ein paar Minuten noch sauer auf mich waren, und umarmten mich.

»Gut gemacht«, sagte Nareem.

»Ich wusste doch, dass du den Test nicht einfach so schwänzen würdest«, sagte George. »Ich war mir sicher.«

»Das wird dir ja so was von helfen, aufs College zu kommen«, sagte Jack. Bevor ich die Augen verdrehen konnte, fügte er schnell hinzu: »Nur Spaß.«

Ms Domerca kam und umarmte mich so heftig wie sonst niemand.

»Du bist mir schon eine Marke«, sagte sie.

»Ist das gut oder schlecht?«, fragte ich sie.

Sie lachte. »Beides.«

Dr. Mal kam ebenfalls auf mich zu und schüttelte mir die Hand.

»Gratulation, Mr Jackson«, sagte er. »Wir freuen uns schon, dich nächstes Jahr wieder bei uns begrüßen zu dürfen.«

Ich schaute ihm in die Augen. Ich nickte. Ich lächelte.

»Ich kann es kaum erwarten«, sagte ich.

Ich wusste nicht, ob ich das auch wirklich so meinte.

48

Und dann, wenige Minuten später, war es Zeit, sich zu verabschieden. Ich begann mit Jack, der mich noch seiner Oma, die er Nana nannte, vorstellte.

»Jack hat mir viel von dir erzählt«, begrüßte sie mich. »Das meiste davon war gut.«

»Sie machen die weltbesten Schokokekse«, antwortete ich.

Sie zwinkerte mir zu. »Du solltest erst mal meinen Pflaumenkuchen probieren.« Ich hatte allerdings nicht den Mut, ihr zu sagen, dass ich Pflaumen hasste.

Jacks Eltern waren ebenfalls da. Der berühmte Mr Strong, der wahrlich klein war, aber genauso angsteinflößend aussah, wie ich ihn mir vorgestellt hatte.

Ich schüttelte seine Hand. »Ich habe viel von Ihnen gehört, Sir.«

»Ich hoffe, nicht nur Schlechtes.«

»Nicht nur«, sagte ich. »Nur das meiste.«

Für den Bruchteil einer Sekunde prustete Mr Strong los vor Lachen. Dann zog er die Augenbrauen zusammen, und es sah fast so aus, als wollte er mich fressen.

Ich versuchte, ihn zu ignorieren, und ging wieder zu Jack. »Ich habe ein kleines Abschiedsgeschenk für dich«, sagte ich ihm.

Er sah mich verdutzt an. »Wirklich?«

»Jap.« Ich öffnete meine Sporttasche und holte eins meiner Lieblings-T-Shirts raus. Aufgedruckt war ein Bild von Homer Simpson, der auf der Couch saß mit seinem dicken, herausgestreckten Bauch, und überall um ihn herum waren Chips verstreut und Getränke verschüttet. Darüber der Schriftzug *Faulenzer.*

»Das hier ist für dich«, sagte ich und überreichte ihm das Shirt.

Er lächelte angespannt. »Danke.« Er warf einen kurzen Blick runter auf sein T-Shirt mit dem Bild eines Gehirns drauf, das wie ein Hampelmann aussah, und der Aufschrift *Halt dein Gehirn fit.*

Dann sah er zu seinem Dad, der gerade das Homer-Shirt misstrauisch begutachtete.

Jack wusste nicht, wie er reagieren sollte. Er schaute mich wieder an.

»Denk an Lech Walesa«, sagte ich.

Jack nickte, schloss die Augen und zog schnell sein T-Shirt aus.

»Jack, was tust du da?«, wollte sein Dad von ihm wissen. Doch Jack ignorierte ihn. Stattdessen holte er tief Luft und zog sich das Homer-Simpson-Shirt über den Kopf.

»Sieht klasse aus«, lobte ich ihn.

»Danke«, sagte Jack.

Dann klatschten wir uns ab.

49

Ich hatte noch ein paar Abschiede vor mir.

Als Erster kam Dwayne dran, der hinter mit auftauchte und mich so kräftig an sich drückte, dass mir fast jeder Knochen in meinem Körper brach.

»Die Sackschutz-Kids wissen immer noch nicht, was passiert ist«, sagte er lächelnd. »Selbe Zeit nächstes Jahr.«

Lauren Rubin hatte ein Geschenk für mich: ein Kilo Schokokeks-Karamell von der Alten Karamellfabrik.

Ich traute meinen Augen nicht. »Wann hast du das gekauft?!?«

»Als du gerade nicht hingesehen hast.«

»Kann nicht sein«, erklärte ich ihr. »Es gab keine Sekunde, in der ich nicht auf das Karamell gestarrt habe.«

Dann dankte ich ihr etwa zwanzig Minuten lang.

George hing völlig verzweifelt an Cathy Ruddy, darum beschloss ich, die beiden lieber in Ruhe zu lassen. Ich würde ihm später eine SMS schicken, jetzt, da sich mein Handy wieder dort befand, wo es hingehörte – in meiner Tasche.

Als ich mich von Ms Domerca verabschiedete, musste ich aufpassen, dass ich ja nicht losheulte.

»Charlie Joe hat uns erzählt, dass Sie seine Lieblingslehrerin waren«, sagte mein Dad.

»Er ist auch einer meiner Lieblingsschüler«, gestand sie.

Ich hob das Buch von Lech Walesa hoch, das Ms Domerca mir geschenkt hatte. »Ms Domerca hat mir dieses wirklich gute Buch über diesen wirklich mutigen und interessanten Kerl empfohlen.«

Meine Eltern starrten mich ungläubig an. Ms Domerca lächelte.

»Kinder können einen wirklich überraschen, nicht wahr?«, sagte sie.

»Das können Sie laut sagen«, lachte meine Mom.

»Wir haben Charlie Joe gezeigt, welche Freude es sein kann zu lernen«, erklärte Ms Domerca. »Und er hat uns im Gegenzug deutlich gemacht, dass auch das Nicht-Lernen Spaß machen kann.«

Katie und Nareem kamen mit ihren Eltern zu uns. Die beiden hielten Händchen.

»Wir haben es geschafft«, sagte sie.

»Gerade so«, meinte ich, und dann mussten wir lachen.

»Wir sehen uns am Strand?«

»Definitiv.«

»Und in der Bücherei?«, fragte Nareem.

»Definitiv nicht,« antwortete ich.

Katies Mom umarmte mich. »Kommst du nächstes Jahr wirklich wieder?«, wollte sie wissen.

»Ich habe keine Ahnung«, sagte ich.

Katie grinste. »Oh, er wird ganz sicher kommen. Diese ganze Lauren-Rubin-Geschichte war doch nur der letzte Zug eines Genies. So arbeiten die geheimen Streber. Er wollte die ganze Zeit nichts anderes, als zurückkommen, und jetzt kann er es sogar kostenlos! Glaubt mir, das war alles so geplant.«

Alle lachten.

Sogar ich.

50

Als wir vom Camp wegfuhren, drehte ich mich ein letztes Mal um und hatte noch mal alles vor Augen: den Basketballplatz, auf dem wir Camp Supersportler fertiggemacht haben, das Lesefutter, wo ich an meinen Zeitungsartikeln gearbeitet habe, den Speisesaal, in dem ich meine Rede gegen den Extra Workshop gehalten habe, und den See, an dem Katie Dr. Mal von einem Kompromiss überzeugte.

Dann fiel mein Blick auf den Flaggenmast, wo das Camp seltsam begonnen und noch seltsamer geendet hatte und wo ich endlich – irgendwie – zu einem echten Lieseinbuchler wurde.

Ich saß auf dem Rücksitz neben Moose und Coco, die mich beide abschleckten, als wäre ich ein Schokoeis. Dann holte ich mein Handy raus und schrieb eine SMS an Timmy, Jake, Hannah, Eliza und Pete. Der Rest der Ferien würde genial werden!

Wieso war ich trotzdem ein bisschen traurig?

Ich legte mein Handy wieder weg, holte tief Luft und schloss die Augen, um mit diesem seltsamen Gefühl klarzukommen. Als ich sie wieder öffnete, sah ich das Schild.

CAMP LIESEINBUCH
HIER WIRD DER GEIST VON JUGENDLICHEN
GEFORMT. SEIT 1933

Ich starrte dahin und fragte mich, ob das stimmte. Ist mein Geist wirklich geformt worden? Es fühlte sich an wie gestern, als ich auf diesem weit entfernten und furchterregenden Planeten gelandet war. Und nun, nur drei Wochen später, vermisse ich das alles schon jetzt ein bisschen.

Dann hatte ich einen noch viel beunruhigenderen Gedanken: Hatte Katie recht? War ich vielleicht wirklich ein Streber-Azubi? War das Lech-Walesa-Buch nur der Anfang?

Stand ich vielleicht wirklich auf Lesen?

Ich dachte nur ungefähr fünf Sekunden darüber nach. Dann beschloss ich, dass ich genug gedacht hatte für diesen Sommer.

Also aß ich ein Stück Karamell, legte meinen Kopf auf Moose' Bein und schlief den ganzen Weg bis nach Hause tief und fest.

Lieber Charlie Joe,

da ich nicht zum Letzten Workshop gegangen bin, gab mir Ms Domerca als letzte Aufgabe auf, einen Brief an mich selbst zu schreiben über das, was ich im Camp gelernt habe.

Ich habe gelernt, dass ich definitiv keine Lust mehr habe, Briefe zu schreiben, und zwar für eine ganze Weile.

Dein Kumpel

Charlie Joe

»Lerne zu lieben und liebe zu lernen«

Das Camp-Lieseinbuch-Lied

Wir treffen uns am Ufer des Sees,
hier finden wir neue Freunde.
Der Sommer ist da, wir sind glücklich wie nie,
hier im Camp sind wir alle auf dem Weg zum Genie.

Lerne zu lieben und liebe zu lernen.
Es ist an der Zeit, Dummheit zu bezwingen.
Mit Klugheit und Wissen wird es gelingen.
Lerne zu lieben und liebe zu lernen!

Jedes Buch, das wir lesen, macht uns klüger.
Jedes Wort, das wir schreiben, bringt Gutes rüber.
Von den Bergen und Tälern soll es erklingen:
Wissen ist Macht, um die Welt zu erringen!
Lerne zu lieben und liebe zu lernen!

Lerne zu lieben und liebe zu lernen.
Es ist an der Zeit, Dummheit zu bezwingen.
Mit Klugheit und Wissen wird es gelingen.
Lerne zu lieben und liebe zu lernen.

»Sportler! Supersportler!«

Das Camp-Sackschutz-Lied

Sportler!
Supersportler!
Sportler!
Supersportler!
Sportler!
Supersportler!
Sportler!
Supersportler!
Sportler!
Supersportler!
Looooooooooooooooooooooooooooooooooooos Supersportler!

DANKSAGUNG

Ein Berg Karamell geht an:

Nancy Mercado und Michele Rubin, dafür, dass sie mich und mein halbvolles Glas ertragen.

Alle Mitarbeiter von Roaring Brook/Macmillan, die besten im Geschäft.

David Kane, Herr des Wohnwagens.

Und Cathy Utz, für alles andere.

CAMP LIESEINBUCH

Nachschub vom Lieblings-Lesemuffel Charlie Joe gefällig?

Charlie Joe will um jeden Preis vermeiden, ein Buch komplett zu lesen.

ISBN: 978-3-8339-0182-9

Charlie Joe muss in Windeseile zum Streber werden und sein Zeugnis aufpolieren, sonst droht ihm ein Lesen-macht-Spaß-Sommercamp.

ISBN: 978-3-8339-0275-8